Sword Art Online Alternative

GUN GALE ONLINE XI

5th SQUAD JAM

沢恵一
I SIGSAWA

イラスト／黒星紅白
KOUHAKU KUROBOSHI

原案・監修／川原 礫
REKI KAWAHARA

SECT.1

第一章　五度目の正直

第一章　「五度目の正直」

2026年の9月12日。

とある土曜日の20時、つまりは夜の8時——、の7分前の事。

レンは、

「んばん!」

省略しすぎて何を言っているのか分からない挨拶を、ピトフーイから受けました。

いえ、挨拶ですらなかったのかもしれません。見かけた瞬間に発砲音を口にしただけかもしれません。

場所はもちろん、五感の全てを使って楽しめるフルダイブ型VRゲーム、《ガンゲイル・オンライン》の中。データだけの世界の中で造られた首都《SBC・グロッケン》にある、西部劇に出てきそうな酒場の一室です。

身長150センチにも満たないチビアバターのレンは、いつものくすんだピンクの戦闘服姿で、そして町中で被っているいつもの焦げ茶色のローブ姿で、酒場の個室に入ったところでした。

「こんばんはピトさん。――ピトさんだけ？」

見ると十人が座れそうな円卓を中央に置いた広い部屋にいるのは、一人だけ。

濃紺のボディコンシャスなスーツでスレンダーな長身を包んだ、黒髪を高い位置でポニーテールに結わいた、そして褐色肌の顔に幾何学模様のタトゥーを入れた女性プレイヤーのみでした。

どこからどう見てもピトフーイなピトフーイは、

「実は俺、エムなんだ……。朝起きると……、入れ代わっていた……」

造った目一杯低い声で、ボソボソと言いました。

それを聞いたレンの反応は、

「アイスティー」

の一言でした。

すぐにテーブルの底から、蓋とストローが付いたカップがシュポンと現れました。レンがローブを脱いで、といっても左手の操作でストレージに収納させるだけですが――、イスに座ります。

「レンちゃん、ノリが悪いー」

ピトフーイが口を尖らせますが、この程度で反応していたら、ピトフーイのチームメイトなど務まりません。

　円卓にチョコンと座ったレンはアイスティーのカップを小さな手に取ると、ピトフーイに目を向けて、

「ピトさん、とりあえず乾杯する？」

「しょうがないなあ。乾杯！」

　ピトフーイは、テーブルの上にあった大きなジョッキを持ち上げました。中に入っている、緑と茶色が混じった、トノサマバッタをそのまま溶かしたような液体の正体は、謎です。

　軽くカップとジョッキをキスさせてから、ごくごくちゅるちゅると二人は飲みました。

　そして二人がヴァーチャルな喉の渇きを潤したあと、ピトフーイが、真剣な顔で、厳かに告げるのです。

「今宵――、こうして皆に集まってもらったのは、他でもない」

「まだ誰も来てないよ！」

「お、ツッコミありがと」

　無視しきれなかったレンでした。

　およそ10分後――、

「今宵――、こうして皆に集まってもらったのは、他でもない」

ピトフーイが、同じセリフを言いました。

そして今回は、円卓を囲むメンバーが揃っていました。

レンの隣には、フカ次郎。

いつも通りの金髪結い上げスタイルに、マルチカム迷彩のシャツとショートパンツ、そしてタイツ姿。

反対側の隣には、シャーリー。

木々をリアルに描いた森林迷彩のジャケットに、茶色のカーゴパンツ。室内なので帽子はかぶらず、鮮やかな緑色のショートカットを見せています。

その向こうに、クラレンス。

警察の特殊部隊のような黒塗り戦闘服の上下に、宝塚の男役のようなハンサム笑顔。

そして、エムです。

羆のような大男は、上半身は緑一色のTシャツ。下はいつもの毒々しい迷彩のコンバットパンツです。

かつてSJ4を一緒に戦い、先日はクエストの《ファイブ・オーディールズ》を共にクリアした、六人の〝仲間〟――、と言ってもまあ齟齬はないかもしれない者達です。

「つまり、SJ五回目をどーすっか会議でしょー？　今日の昼間、開催決定参加者募集のメッセ来たもんね」

クラレンスが言って、
パフパフ。

部屋にラッパの音が響きました。

見るとピトフーイ、球状のポンプを握って音を出すラッパを、右手に持っているではありませんか。いつの間に出した?

それはいわゆる《パフパフラッパ》、あるいはもっとちゃんとした名前で《チェアホーン》と呼ばれるもの。リアルでは、大きな楽器屋に行くと買えます。またはインターネット。

そんなアイテムがGGOにあることを、レンは今知りました。そして、その理由は分かりません。なぜピトフーイが持っているかも知りません。考えても詮無きことです。

「ハイ正解!」

ピトフーイの声に、

「やった!」

クラレンスが無邪気に喜びますが、

「そうでなかったら来るか」

隣でシャーリーは仏頂面。つまりいつも通りです。

そしてシャーリー、このままだと全然話が進まないことを危惧したか、

「SJ5、どうせこのメンバーで出るんだろう。分かった。私も出る。シードだから予選もな

いな。当日遅れないように参加する。以上だ。出ていいか？」

　テキパキとそれだけ言うと、アイスコーヒークリームなしシロップ入りのストローに口を付けるのでした。退室する前に飲みきってしまおうという魂胆でした。

「まあまあ、シャーリーちゃん結論が早い」

　ピトフーイがラッパを振りながら言いました。

「ちゃん付けは止めろ」

「へいへーい。──ほんじゃシャーリー含めた皆さーん。特殊ルールについてのお話よ。今日はそれをしましょう」

　フカ次郎が、レモンスカッシュを啜っていた口を開きます。

「特殊ルールって、なんじゃらほい？　まーたなんか、ヘンテコな縛りがあるのかいな？」

　お主、もらったメッセージなんも読んでないな？

　レンは思いましたが、言いませんでした。

　ただ、ここにいるフカ次郎が間違いなくフカ次郎だと認識を確かにしました。むしろ読んでいたら別人だと。

「フカちゃん、またメッセ読んでないわね」

　パフパフ。

　そのラッパの意味は？

レンは思いましたが、言いませんでした。

ピトフーイは左手をサッと振ると、彼女にしか見えない空中に浮かぶウィンドウを操作しました。指を動かしたり触れる仕草をしたり。

やがて、部屋の端に、その壁際に大きな画面が出てきました。

実際には、さっきまで花柄模様だった壁紙が一瞬で100インチ以上はあるスクリーンになって、そこに文字が浮かんだのです。

ヴァーチャル世界は、こういうときに本当に便利です。慣れてしまうと、リアルが不便になりますね。

「はいこれ、今日の昼間に届いたSJ5開催のお知らせね。復習しましょう。フカちゃん、スクロールは任せるわ」

『2026年9月12日　13時00分。

親愛なる皆様へ。

お元気ですか？　私は元気です。

このメッセージは、一度でもスクワッド・ジャム（以下SJ）に参加したことがあるプレイヤーに一斉に送っています。

私は――、ってもう書かなくても分かると思いますが、ＳＪの言い出しっぺの、スポンサーの作家です。

先日、私がシナリオを書いた一斉スタートのクエスト、『ファイブ・オーディールズ』に参加してくれた方はありがとう。

でも、

「なんだよこのオチは！」

とか、

「ざけんなボケ！」

とか、

「俺は猫派だ！」

とか、私のことをネットでクソミソに貶しましたね？

まあ、最後のは貶していないかもしれませんね。ちなみに私はニャンコも嫌いではありません。猫アレルギーで飼えないだけです。

しかし、散々悪評をぶちまけられて、ぶっちゃけ悲しかったです。

ですがこのメッセージはその復讐ではないので今回だけはスルーします。

恨んでないよ。ええ、決して、恨んでなんかいませんよ……。ウランデナンカ……』

ここまでを一画面で読んで、

「あーこれ、相当恨んでいるねコイツ。しつこいやっちゃのう」

フカ次郎が、呆れるように言いました。

これには誰も異論がないので、皆が黙って頷きました。

スポンサー作家がいい歳して残念な奴だなんて、ＳＪ参加している人なら誰だって分かっていますよ。今さらですよ。

「メカドラ倒した私達の活躍、ちゃんと小説のネタにできたのかしらねえ……？」

ピトフーイが疑問視しましたが、誰からも答えはありません。正直興味もありません。

フカ次郎は、左手の指先で画面スクロールを行いながら、続きを読みます。


『さて、今回のメッセージで言いたいことを要約すると、たった一言です。

ＳＪ五回目やるよ！　すぐに！

二言でした。

@SJ5基本情報。
開催日時・2026年9月19日（土曜日）・13時（日本時間）スタート
参加可能チーム・30チーム（1チーム最大6人）

エントリーは今からもう受け付けています！　ココ！をクリックして飛んでね。〆切りは9月17日の24時まで！

今までと同じように、〝過去のSJで一度でも四位以内に入ったことがあるチーム〟はシード権があるので、エントリー即出場確約します。

ただし！　そのチームメンバーを分割して、複数のチームにするのはNGです。

それ以外のチームは、エントリー数がオーバーした場合、前日18日の19時から予選会をやるので、その時間を空けておいてくださいね。

予選のやり方はいつも通り。縦長のフィールドでガチンコバトル。

知っている人も多かろうけど、予選はフルメンバーでなくても参加はできます。

一人で相手を全滅させられる自信がある人は、レッツトライ！』

ここまで読んで、

「19日とは早いねえ。前回のSJから一月も経ってないじゃないか。何を焦っていやがるんだコイツ？　またこれ、ALOに戻れないパターンかな？」

フカ次郎が言いました。

彼女がメインとして遊んでいるVRゲームは、ALOと略される《アルヴヘイム・オンライン》。美しいファンタジー世界で、翼の生えた妖精種族になって、綺麗な世界の中、空を飛んで冒険するというもの。

人類と文明が最終戦争で滅んでしっちゃかめっちゃかになった地球に、宇宙船で戻ってきた人達が、地べたを這いずり回って廃墟をあさりながら殺し合うGGOとは、だいぶ違います。全然違います。

フカ次郎はSJ2の際に、レンを助けにコンバート——、つまりキャラの強さを相対的に引き継ぐ〝お引っ越し〟をして来てくれました。その後も何度も。

そしてSJ4からは——、
クエストを挟んで、ずっとGGOにいることになります。

「まだ戻ってなかったのか……。すぐ来る訳だ」

レンはちょっと驚きました。

でもまあしかし、GGOでのフカ次郎の強さはとても頼りになりますので、そこはヨシ！とします。むしろ、GGOにずっといてくれてもいいんですよ？

ピトフーイが、

「念のために聞くけど、当日その時間に、みんな大切な用事はないわよね？　オッケー？」

エム以外をぐるりと睨め回しました。

それは、ノーなど許さぬ的な眼差しででした。大切じゃない用事なら、あっても来いよ？　的な視線でした。

「大学の予習勉強以外は、ない」

レンが答えました。

「おいおい、身バレしてるぞレンや。お主本当は、乳飲み子を三人も抱えた主婦だって設定だったろう？」

フカ次郎が言って、

「つまり三つ子？　可愛い？」

クラレンスが食いつきました。

「話をちゃんと聞いていたのか？」

シャーリーが相棒のオツムの心配をしてから、

「私は大丈夫だ。というか、そもそもＳＪ５出られないようなら、このミーティングには来ていない」

「じゃあ、みんなオッケーね」

ピトフーイがウンウンと頷いて、手に持っているラッパは鳴らしませんでした。

あー、ピトさん、もうラッパ飽きたな。

レンは思いましたが、言いませんでした。

「肝心の私とエムはもちろんオッケー！　ちょっとその日、大切な仕事があったけどさ、さっきサクッとキャンセルしたから」

するなよ！　おい！　神崎エルザ！

レンは激しく思いましたが、言いませんでした。言えませんでしたし。

「ピトさん、そう見えて社会人なんだー。何してるひとー？」

クラレンスが空気も読まずに聞いて、

「興味ない。SJの話を続けろ」

シャーリーが急かしました。

そういえば、この二人はピトさんがあの神崎エルザだって知らないんだよなあ。知ったらどんな反応するやら……。

レンは思いましたが、もちろん言いませんでした。到底言えませんでした。

「じゃあ、フカちゃん続きをどうぞ。特殊ルールが、今回は特にややこしいからね」

ピトフーイが、フカ次郎に先を促しました。

『@SJ5の特殊ルールについて。

基本的なルールは、今までのSJと一緒です。

10分おきのサテライト・スキャンでリーダーの位置とチーム名が分かるとか、リーダー戦死時の繰り下がりとか——、詳しくは添付したルールブックを読んで欲しいですが、SJ名物といえば、毎回違う〝特殊ルール〟！

イエス！　今回もあります！


特殊ルールですが——

事前段階で（つまり今）説明できるのと、SJ（本戦）が始まってから判明するサプライズルールと、大きく分けて二種類あります。

後者については、ゲーム中にその都度表示されます。驚いてね！　楽しんでね！

なので、今説明できる特殊ルールだけ、ここで説明します。

よく読んで、納得したら参加してください（意味・参加した後で、ブーブー言わないでね）。

今回はかつてない新アイデア——、

『チームメイトからの装備一式（以下〝別装備〟）のスイッチ』
を設定します！

以下、別装備に関するルールの羅列です。よく読んで理解してね。

その1

『SJ5の参加プレイヤーは、本戦中、チームメイトの誰か一人の〝別装備〟の一式を、自分の装備とは別に、自分の重量制限に影響なく、ストレージに格納して運ぶことができる』

その2

『〝別装備〟とは、武器弾薬、その他のSJ中使用可能アイテム、全てを含む。その上限量は、その持ち主プレイヤーの可搬重量までとする』

その3

『〝別装備〟の受け渡しは、使っている装備との交換——〝装備スイッチ〟となる。両方を同時に使うことはできない。交換したくない装備（いつも使っている服装、防護アイテムなど）は、手元に残しておくことができる』

その4

『装備スイッチは、運び手のチームメイトがすぐ近くに、つまり一般的なアイテムの受け渡しができる距離にいる場合のみ、可能になる』

その5
『チームメイトが死亡した場合、運んでもらっている〝別装備〟は、本戦中一切使用不可能になる』
その6
『自分が運んでいるチームメイトの〝別装備〟一式を、自分が勝手に実体化して使うことはできない』
その7
『チームメイトが受け取ったあとに実体化した装備は、自分で使う（借りる）ことができる。チームメイトが戦死した場合も、継続して使用可能（敵兵の装備も同様。今までと同じく〝鹵獲品〟となる）』
その8
『自分が使っているチームメイトの〝別装備〟は、チームメイトが装備スイッチをした場合、消えて使えなくなる』
その9
『〝別装備〟一式は、酒場の待機場までは、ストレージ容量に干渉しない〝アイテムリスト〟に入れて持ってこられる。本戦開始前の10分間の待機所にて、どちらを使うか選択可能になる』

その10
『誰が誰の装備を運ぶかは、本戦開始の時間まで、チーム内で自由に決めることができる。本戦中に運び手を変更することはできない』
その11
『別装備の設定は任意であり、設定しないで本戦に臨んでも構わない』
以上』

「ふむふむ。なるほど。装備セットをまるっと交換可能とは……、こりゃあ、確かに特殊じゃのう……。ワシの65年に亘るVRゲーム人生でも……、こんなルールは、初めてじゃ……」

「出たな、謎の爺さん。あと、そんな前にVRゲームはない」

レンは一応、フカ次郎にツッコんでおきました。スルーは可哀想ですからね。これでも親友ですから。

「今宵――、こうして皆に集まってもらったのは、他でもない」

ピトフーイが、今晩だけで三回目のセリフを言いました。

「この話をしっかりとしなくちゃいけなかったからねー。別の装備品、まあぶっちゃけ武装だけど、いろいろバリエーション増やしたいし、同時にチームとしてのバランスも取りたいし。

戦い方も変わってくるでしょうしね」

口調こそフランクですが、ピトフーイが、真面目な話をしています。やればできるんですね。

クラレンスが、

「せんせー、ちょっと待ってー」

手を挙げ、声を上げました。

「正直俺、全部理解していないんだけど。みんなこれだけで完璧に分かったの？　国語の成績良すぎない？」

「そうねえ。じゃあ、頭っから再確認しましょうか」

ピトフーイ先生が言いました。

「おねがーい！」

クラレンス生徒、とても素直です。素直なのは、良いことです。

レンは、何度か読んで理解しましたが、理解したつもりになっているだけかもしれません。再確認は悪いことではありません。

ピトフーイが左腕を振って、ストレージから一丁の自動式拳銃を取り出しました。

箱を組み合わせたようなシンプルな外見のそれは、《グロック３４》。普段、ピトフーイが使わない拳銃です。

銃の下に、レーザーサイトとライトが一体化した装置が取り付けてあります。

ピトフーイ、緑色のレーザーを点灯させて、グロック34を右手で構えることで壁を指し示しました。

要するに、レーザーポインターとして使うためだけにこの銃を出したようです。ガンマニアのよい子は、決して一般の世界で、モデルガン・エアガンを使って真似をしてはいけません。確実に、ドン引きされます。

ピトフーイが、その1をグリーン点で指し示しました。アンダーラインを描くように、文字の下をなぞっていきます。

『**SJ5の参加プレイヤーは、本戦中、チームメイトの誰か一人の〝別装備〟の一式を、自分の装備とは別に、自分の重量制限に影響なく、ストレージに格納して運ぶことができる**』

「これは、まあ……、書いてある通りね。クラちゃん、質問は？」

「ここは分かる。他人の装備で重くなることはないんだね。安心した」

二人の会話を聞きながら、レンも再確認しました。

当然の措置ですよね。誰かの装備を運べたとしても、それで自分の装備が運べなくなっては今までと変わりませんからね。

今回のこの特殊ルールの肝は、重さに関係なく他人の装備を運べることです。可搬重量がチームで一番軽いレンだって、一番重いエムの装備を運べます。

「ほんじゃ、その2だけど」

『〝別装備〟とは、武器弾薬、その他のSJ中使用可能アイテム、全てを含む。その上限量は、その持ち主プレイヤーの可搬重量までとする』

ピトフーイが緑の点で文章を追いました。

「これは？」

「次の、その3も一緒にお願いしたいんだけど」

「ほいほい」

『〝別装備〟の受け渡しは、使っている装備との交換――〝装備スイッチ〟となる。両方を同時に使うことはできない。交換したくない装備（いつも使っている服装、防護アイテムなど）は、手元に残しておくことができる』

クラレンスが、訊ねます。

「ここが分かりにくかったんだけどー、どういうこと？」

確かに分かりにくい。

レンも思いました。

ピトフーイ先生が説明します。

「まあ、簡単に言えば〝全てを交換する必要はない〟ってことね。戦闘服は変更しなくていいとかね。クラちゃん、衣装、別の持ってる？」

「ないー！　俺はこれだけ！　だって、黒は女を美しく見せるんだよ！」

クラレンスが答えて、

「ほう、ココ・シャネルの教えじゃな。お主、分かっていない顔をして、なかなか分かってるじゃないか」

フカ次郎が言いました。

「え？『魔女の宅急便』だけど？」

クラレンスが答えました。

「なんだそっちか。思わず、優しさに包まれちまったぜ」

フカ次郎が言って、ピトフーイ先生、ひとまず由来はさておきます。

「そういう場合は、戦闘服とかブーツとかは変更する必要ない装備にしちゃうから、常に重量のウチに入るでしょ？　仮に5パーセントくらいだとすると——、残りの95パーセントが武装になって、別装備もそれと同じかそれ以下におさえないと駄目、ってことになるわね」

「ああ、なるほどー。別装備だからたっぷり持ってきて、運べないけどそこで使う、とかは駄目なのかー」

クラレンス、一度理解すると早いですね。

レンもちょっと考えました。別装備に、自分が運べる以上の重さの弾薬を運んでもらえないかと。それは駄目なのです。

「ほんじゃ、次だけど——」

緑の点が、その4をなぞります。

『装備スイッチは、運び手のチームメイトがすぐ近くに、つまり一般的なアイテムの受け渡しができる距離にいる場合のみ、可能になる』

「コレは分かった！　普通のアイテムと同じね！」

クラレンスが言ったので、次にいきます。その5です。

『チームメイトが死亡した場合、運んでもらっている〝別装備〟は、本戦中一切使用不可能になる』

「これって、〝本戦中〟って書いてあるってことは、ＳＪ5が終われば、全部無事に戻ってくるんだよね？」

クラレンスが怪訝そうに訊ねて、ピトフーイはもちろん、と頷きました。

「よかったー」

クラレンスが言いましたが、レンも同じ気持ちです。チームメイト共々、ピーちゃんが死んじゃったら泣けてきます。

ここまでのＳＪで、Ｐ９０を二回も失っているレンです。さすがに三回目はやめたい。高いんだぞ！

「じゃあ次は――」

ピトフーイの手が動いて、握られているグロック３４が動いて、装着されている緑のレーザーが動きます。

『自分が運んでいるチームメイトの〝別装備〟一式を、自分が勝手に実体化して使うことはできない』

「これも理解した！　まあ、勝手にできちゃったら駄目だよね」

「じゃあ、その7」

『チームメイトが受け取ったあとに実体化した装備は、自分で使う（借りる）ことができる。チームメイトが戦死した場合も、継続して使用可能（敵兵の装備も同様。今までと同じく〝鹵獲品〟となる）』

「これなんだけど――」

クラレンス、ニッタリと笑いました。

いえ、彼女はいつもニヤけていますがそれ以上にです。

「自分が死にそうになったら、たくさん残っている方の装備にスイッチ、急いで実体化して、チームメイトに遺品として置いていくことができるってことだよね？」

「お主もワルよのう」

ピトフーイが答えました。

なるほど、そういう使い方もあるのか。

レンは思いました。

ルールを読んだ際に、考えもしませんでした。ワルには、遠いようです。

『自分が使っているチームメイトの〝別装備〟は、チームメイトが装備スイッチをした場合、消えて使えなくなる』

　そしてその8ですが、

「なっとく！　そうじゃないとズルいもんね」

　クラレンスに疑問がないようで、その次の9に。

『〝別装備〟一式は、酒場の待機場までは、ストレージ容量に干渉しない〝アイテムリスト〟に入れて持ってこられる。本戦開始前の10分間の待機所にて、どちらを使うか選択可能になる』

「ここなんだけど、10分で選ぶのは忙しいよね？　その前からセッティングしておいた方がいい？」

　クラレンスが訊ね、これにはエムが答えます。

「絶対にその方がいい。特に可搬重量ギリギリまで詰めるのなら、なおさらだ」

　レンも心の中で頷きました。

　重量が許す限り、一つでも多くのマガジンを持ち運びたいものです。それには準備がそれなりに必要です。

「オッケー。了解。聞きたかったのはそこだけ」

「じゃあ、その10」

　ピトフーイが、緑の点を動かしました。

『誰が誰の装備を運ぶかは、本戦開始の時間まで、チーム内で自由に決めることができる。本戦中に運び手を変更することはできない』

「誰が誰のを運んでもいい、ってことであってる？」

「オッケー」

「でもさ、普通に考えたら……、お互いの装備を運んだ方が良くない？」

「その通り。普通はそうする。普通以外の理由が必要なら、そうしない」

「その理由って？」

　クラレンスが聞いて、ピトフーイは肩を豪快にすくめました。まるで外国人のような、大げさなジェスチャーです。

　どうやら、思いつかないようです。

　もしくは、思いついているけど仲間にすら言わない秘密、のどちらかか。

「ふーん。まあいいや。じゃあ、最後の11だけど――」

『別装備の設定は任意であり、設定しないで本戦に臨んでも構わない』

「うん分かった！　疑問なし！　――でも、せっかくの特殊ルール、使わないなんてもったいない！　そんな人、いるの？」

「ここにいるぞ。私は愛銃による狙撃一択だ。他の銃は使わない。別装備など、必要ない」

黙っていたシャーリーが、しっかりと口を開きました。

確かにこの人は、戦い方パラメーターが狙撃に特化しまくっているので、それが一番いいのでしょう。

愛銃であるボルト・アクション狙撃銃《ブレーザー・Ｒ９３タクティカル２》と、お手製の一撃必殺〝炸裂弾〟があればいいのです。

「えー！　ねえ、ＳＪ４で使ったライフル拳銃は？」

クラレンスが訊ねます。

あのプレイ中、その前に派手に爆死していたクラレンスですが、シャーリーがモール内の拳銃しか使えないエリアで、《ＸＰ１００》という〝ライフルを短くしたような拳銃〟で活躍したのは覚えています。何せその銃を選んだのは、シャーリーに頼まれたクラレンスですから。

「いや、使わない。あれは、〝拳銃マストエリア〟でもなければ意味がない」

「がっかりー」

「まあ、売らずに取ってはあるよ。記念にな」

「うれしー」

ピトフーイが、

「うん。シャーリーはそれでいいかもね。この先に書いてあるけど、今回も弾薬の復活があるし。遠慮なく炸裂弾を撃ちまくっちゃいなさい」

そう結論づけて、やっぱり誰からも異論がなくて、シャーリーに関しては、それでヨシとなりました。

「では、私はもうここにいる必要はないな。射撃練習に行ってくる」

気の早いシャーリーを、

「必要あるよ！　チームとしての戦力の確認とか、誰が誰の装備を運ぶか、かなり重要だよ！」

クラレンスが押しとどめました。

こういうときは、クラレンスの頭はちゃんと働きます。なかなかのゲーマーです。

「…………」

立ち上がろうとしていたシャーリー、反論できず座り直してアイスコーヒークリームなしシロップ入りを再び注文しました。すぐに、テーブルの中から出てきました。

「まず、全員の〝第二武装〟を決めましょう。シャーリーが誰のを運ぶかは、その後で」

グロック34をストレージに戻しながら、ピトフーイが仕切ります。

今後チームメイトに持ってもらえる別の装備は、〝第二武装〟と呼ばれることになったようです。

「はい、ピトさん」

レンが、ピンクの腕を上げました。物理的に、です。比喩表現ではありません。射撃能力がいきなり向上したわけではありません。

「はいレンちゃん！」

パフパフ。

テーブルに置いてあったラッパのこと、忘れていなかったようです。

「わたしも、ピーちゃん以外をメインで使うことはないよ。まあ、サブでヴォーちゃんセットは持ち歩くかもだけど」

チームメイトは知っているので聞きませんが、ピーちゃんがメイン武器の《P90》のことで、ヴォーちゃんが拳銃の《ヴォーパル・バニー》二丁拳銃です。共にピンク。

「えー、せっかくだから何か別の使おうぜ！　その方がレッツエンジョイファン！」

フカ次郎が口を尖らせました。英語がムチャクチャでした。意味は通じました。

「えー。今から新しい銃の使い方覚えるの、正直面倒。それに、たとえそうしても、ピーちゃん達以上に戦えるとは思えないよ」

レンがぶっちゃけて、フカ次郎が眉根を寄せました。

「これじゃから……、現代っ子は……、いかんのう……」

「爺さん続いてる？」

「おお……、可愛いレンや……、よくお聞き」

「えへへ。可愛い？」

「ソコは枕詞のようなもんだ。スルーで」

「ちぇっ」

「いいか……、〝武装をスイッチできる〟ということはな……、とりもなおさず、〝相手の意表を突くことができる〟ということなのじゃよ。先日の五つの試練のラスト……、六つ目の試練のことを……、お主は忘れたのかい？」

「む……。まあ、そうだね」

そういえばそうでした。

あのクエストのラスト、まったく全然やらなくてもいい〝六つ目〟の試練をやったレンです。

つまりは犬を殺すか否かで揉めた、ピトフーイ達との仲違いバトル。

あのバトルで、レンとフカ次郎は衣装を取り替えました。フカ次郎は借りたP90も撃ちまくって、ピトフーイやボスの意表を突きました。それは全然当たらなかったのですが、確かに意表は突けました。

「そうだ」

黙っていたエムが、この部屋で一番低い声を出します。

「今回設定された第二武装の最大のメリットは、そこだ。相手の裏をかける。SJも回数が進んで、記録映像も見られて研究されていて、プレイヤーの武器や戦術は実質丸裸だからな」

「でも、ボディは丸裸にはなれないんだよなあ。乳首出したいのに」

「黙ってろクラレンス」

　クラレンスとシャーリーコンビのボケ突っ込みを挟んで、何も聞かなかった体でエムが続けます。

「当然、参加者は対策を練ってくるだろう。第二武装でその裏をかける。俺はこのシステムを、フルに活用するべきだと思う。当然だが、他のチームもできる限りの知恵を絞ってくるに違いない。バレット・ラインなし狙撃に炸裂弾という戦法を極めたシャーリーは例外として、残りの五人は何か第二武装を決めて用意し、その練習を、時間が許す限り、しておくべきだ。今回はそれ無しで、優勝は狙えない」

「はい、エムがいいこと言ったー！　私の言いたいこと、全部言いやがったー！　こんにゃろー！」

　パフパフ。

「まあ、そういうことなら……」

　レンも承諾するしかありません。

　ＳＪに出ると決めた以上は、一番上の結果を目指す――、それが目標であり、戦ってきた強敵達へのマナーでもあります。

　ついでに言うと、勝ちたいし。めっちゃ勝ちたいし。ああ勝ちたいし。

「おっとその前に、フカちゃんその先も読んでおいて。弾薬復活について」

ピトフーイが言って、

「ふむ」

フカ次郎、画面をスクロールさせます。


『@SJ5における、弾薬・エネルギーの復活について。

今回、これもまた特殊なのでしっかり覚えてください。

ちなみに、SJ中もルールブックはいつでも読めるようにしておきます。

最初の1時間までは、30分と1時間経過時の二回、復活（完全回復）がある。

それ以後は、自動復活はない。

ただし──、〝誰かを倒した場合、回復する〟。

他のプレイヤーを仕留めた（＝ラストアタックを決めた）場合、自分がそのとき装備している全ての銃の弾とエネルギーが、減っている割合に応じて以下まで回復する。

0～10%・50%まで回復する。

11〜30%・60%まで回復する。

31〜50%・70%まで回復する。

51〜79%・80%まで回復する。

80%以上ある場合は回復しない。


補足。

残弾・残エネルギーのパーセンテージは、『残弾数表示』の項目から『パーセンテージ表示』で出せるので、SJ5中は視界のどこかに出しておくことをお勧めします。

もちろん復活は、〝今手に持って使っている装備セット〟のだけ。チームメイトが持っているセットの弾薬などは復活しません。

なお、複数人が同時に倒したとシステムが判断した場合（滅多にないことだけど）、全員がそれぞれ上限まで復活することになります。』


「なるほど。序盤には、遠慮容赦なく撃ちまくれるということだな。そして中盤以降は、ちゃんと誰かをキルらないと、無駄弾ばかりでジリ貧になると。SJ2の優勝連中みたいな、逃げ回り防止の特殊ルールか」

フカ次郎、弾薬復活の趣旨をサラリと理解しました。

この辺はさすがゲーマーのフカ次郎です。レンは何度かメッセージを読んでやっと理解しました。

「まるで――」

フカ次郎が言葉を続けます。

「ジョバンニは、カムパネルラと共に……、だな」

意味が分かりません。〝序盤には〟という言葉で浮かんだ、スカした文章を言いたかっただけのようです。

この辺はさすがアーパーのフカ次郎です。レンは何年かフレンドを続けてもやっぱり理解できません。

「ナニナニ！　フカ、『銀河鉄道の夜』好きなの？」

クラレンスが変な方へ食らいついて、話を豪快に脱線させようとしたので、

「はいはい。その話はあとで」

ピトフーイ先生が、話が宮沢賢治に飛ぶ前に戻しました。

レンは、

「じゃあ、それなら、わたしも何か考えるけど……。前回のクエストの報酬たっぷりもらったから、たぶん大抵の武器は買えると思うし……。シャーリー以外のみんなは、どんなのを用意

する？」

　まずはそう問いかけました。

　決して他力本願なのではありません。参考にできることは、なんでも参考にしようという前向きな姿勢なのです。たぶん。

「そーねー」

　ピトフーイが答えます。

「私はご存知、なんでもできちゃう子だから悩んだけど、今回は７．６２ミリ口径のマシンガンを持とうと思うワケよ。このチーム、いざというときに弾幕を張れるマシンガナーが、一人もいないでしょ？」

　そういえばそうだ。

　レンは心の中で頷きました。

　ＧＧＯを遊び始めて初めて知ったことですが、兵隊が行う銃撃戦の主力は、連続で撃ちまくって相手の動きを止められる機関銃手――、つまりマシンガナーです。

　マシンガナーが弾幕で敵の動きを止めて、素早く迂回したライフルマンが相手の側面を突いて仕留めるのが、オーソドックスな戦い方。

　継続的な射撃ができるマシンガナーは、敵に回すとイヤなツートップの一翼です。ＳＨＩＮＣやＺＥＭＡＬと対峙して、大変によく分かりました。ちなみにもう一翼は、ピンポイントで弾丸を撃ち込んでくるスナイパー。

フカ次郎が訊ねます。

「ピトさんや、テストプレイのときに派手にぶっ放した、すげえデカくてぶっといのは使わないのかえ？　威力ドカンでバコーンだったじゃん」

語彙力なさ過ぎか！

レンは思いましたが、言いませんでした。

「バズーカ？　撃っていて楽しいけど、SJには不向きでねー。それに、装填手が必要だから」

ピトフーイはアッサリ返しました。

「つーわけで私は、マイガンコレクションの中から、ピカピカに磨いてある、でも埃を被っている——、あ、比喩表現ね、マシンガンを出して、それを撃ちまくる係になりましょう！　みんなも小学校にあったでしょ？　マシンガン係」

ねーよ。

レンは思いましたが、言いませんでした。

「あったねえ。空薬莢の片付けと、銃身の掃除が大変なんだよな」

フカ次郎が言って、レンは無視しました。

篠原美優とは小学校が違った小比類巻香蓮なので、帯広市内にある美優出身の某小学校にはマシンガン係が確かにあった可能性は、０．００００１パーセントくらい残りますが。

「ちょっと待て。機関銃は、より足が遅いエムの方が良くないか？」

　シャーリーがクエスチョンを申し立てます。

「機関銃手なら、そんなに高速で移動する必要はない。例の盾を使って銃座も組める。ピトフーイも、別の武装の方が、速度も生きるだろう」

「理屈は分かるけど、それはダメなのよねー」

「訳を聞こうか」

「後でセンセーショナルにドカンと発表しようかと思ったけど、まあいっかー。実はねー、エムはねー、今回ねー、なんとねー、とーっても、びっくりすることにね——」

「見せた方が早い」

　もったいぶりまくるピトフーイの言葉を遮って、エムがそう言いながら左手を振りました。ストレージの操作です。

　アイテムの実体化が始まりました。エムの目前の空中に光の粒子が集まって、形を作って、そして登場したのは細長い、やたら長い、とても長い、大変に長い、実に長い銃。

「お！　新型？　新型？」

　クラレンスが目を輝かせました。

「デカいなー」

フカ次郎が言いました。レンも同じ意見ですが黙って見ていました。

空中で実体化した物干し竿のように長い銃を、エムは両手でキャッチして、その瞬間重みが加わったので腕がたわみます。

しかしエムの怪力ではこれくらい余裕なのか、涼しい顔をして、テーブルの上に静かに二脚と後部の脚の三点で置きました。

銃の右側のボルトを操作して、引いた状態にします。これで、どうやっても撃てない状態になるので、暴発の危険性がなくなります。

GGO内でうるさく言う人はいませんが、実銃の場合、こうした状態にしておくのがマナーです。

丸テーブルに鎮座したのは、全長で2メートルはある、超巨大な銃でした。

前方半分は細長い銃身が一本バーンと伸びています。その上に太いスコープ。後方には1発撃つごとに動かす必要があるボルト・アクションの機関部、その上に太いスコープ。下には射撃用の独立したグリップがあります。

後方はがっしりしたストックと、地面に据え付けるための一本脚。色は全体的に淡い茶、いわゆるタンカラー。スコープだけは黒です。

「対物狙撃銃か……」

シャーリーが言いました。

対物狙撃銃、あるいは対物ライフルとは、通常の狙撃銃より巨大な弾薬を使い、呆れるほどのパワーを宿した銃器のこと。

〝対物〟という名前が付いていても、人に向かって撃つのは、あちこちの戦場で普通に行われています。

威力だけを見れば便利ですが、当然銃は大きくて重く、簡単に扱えるものではありません。

「SHINCの持っている銃に似ているね」

レンが感想を漏らします。

彼女達がSJ2から使っている対戦車ライフル、《PTRD1941》とサイズ感がそっくりです。

PTRD1941は対〝戦車〟ライフルと呼びますが、それは造られた第二次世界大戦当時は、この手の銃器がそう呼ばれていたから。

今なら対物ライフル、あるいは対物狙撃銃のジャンルに入ります。

エムが、

「一昨日、高難度のミッションをようやくクリアして手に入れたウクライナ製の対物狙撃銃――、名前は《アリゲーター》だ。全長2メートル。重量25キログラム。使用弾薬は14．5×114ミリ弾で、SHINCの対戦車ライフルと同じものだ。というより、あの対戦車ライフルのために造られた弾だな」

エムが、まるで大食いの弁当箱のような巨大な弾倉を銃から取り外し、そこに収まっていたやはり巨大な弾を取り出しながら言いました。

全長で15センチ以上ある、そのまま人を刺したり、棍棒代わりに殴ったりできそうなシロモノです。

小指の先ほどしかないレンのP90の弾薬とは、大違いです。それでも、その小さな弾を一発脳幹に命中させられたら、難なく人は殺せてしまうのですが。銃弾って怖い。

「どれくらいを狙える？」

狙撃なら興味があります。シャーリーが訊ねて、

「手に入れてからさっきまで、ずっと練習をしていた。静止目標で風もなければ、2000メートルで人体サイズに当てられる。もちろんバレット・ラインは出さない。出していいのなら、もっと遠くでもいけるかもしれないな」

「バケモンだな……」

前回のSJ4で、開けた空港で、1100メートル超えの狙撃を成功させたシャーリーです。自己新記録。

しかしそれは、目標が人の数倍はあるトライクだったから。普通に人を狙撃するのなら、800メートルがいいところです。2000メートルは破格です。

ちなみにこのレベルの銃弾になると、手足以外の体のどこに当たっても〝判定・即死〟に

持っていくことができます。命中したのが頭なら首から上が消し飛ぶでしょうし、胴体なら両断も可能でしょう。

「なになにシャーリー。この銃が化け物？　それともエムが？」

クラレンスの問いに、

「ま、両方だな」

シャーリーは素直に答えておきました。

自分に興味がない戦争用とはいえ、世の中には恐ろしい銃があるものです。こんな銃をもし狩猟に使ったら、食べるところがなくなってしまうでしょう。

凶暴化して町を壊して回っているアフリカ象でも倒す場合には、有用かもしれませんが。

「これでエムさんも、ＳＨＩＮＣに撃ち負けない超長距離狙撃、あるいは建物とか車両とかへの攻撃ができるようになったってことだね！　それは心強い！」

レンが素直に喜んで、頭の中で考えます。

エムが第二武装にこれを使うのなら、確かに、ピトフーイがマシンガンを持つしかありません。納得。

そして同時に、ＳＨＩＮＣのメンバーも同じことをやるのだと気付きました。

ＳＪ１では《ＰＫＭ》マシンガンを持っていたソフィー。エムの盾を打ち破るために苦労して手に入れたＰＴＲＤ１９４１を運ぶために、ＳＪ２では、愛銃を手放しています。

しかし今回は、片方を誰かに預けることで、両方を持ってこられるわけです。バトルが苛烈になる予感しかしません。

「じゃあ、お二人の第二武装はそれでいいとしてさ――」

クラレンスが宝塚顔で首を傾げながら、その場にいる全員に問いかけます。

「俺とレンの豆鉄砲コンビは、何を持つべき？　敵の意表を突くのはいいんだけど、あんまり重いのは、無理だよ？」

クラレンスとレン、使っている銃は違いますが弾薬と弾倉は一緒です。5．7×28ミリ弾。弾頭直径が5．7ミリ、薬莢全長が28ミリの意味です。

これはかなり小さな弾薬。レンの使うP90が、新しいコンセプトとしてその弾と共に設計されて、その機構を真似て造られたのがクラレンスの《AR―57》。

ライフル弾を使うアサルト・ライフルと、拳銃弾を使うサブマシンガン。その間を取った大きさと性能と威力の銃です。

この二人、俊敏さを武器に小さな弾を連射するという戦法も似ています。しかしそれ故に可搬重量の限界が低いので、重いマシンガンと必要な弾薬は持てません。スキルがたくさん必要な、あるいはリアルスキルでどうにかできる狙撃銃も、無理があります。

かといって、二人が持ち運べるような軽量なアサルト・ライフルでは、今の銃との違いが――、つまりサプライズがほとんどありません。少々射程と威力が増すくらいでしょうか。

それなら使い慣れた愛銃、文字通り〝得物〟を持っていった方が便利だし命中率も期待できる――、つまりは戦闘力が高いという話になってしまいます。

エムが言います。

「クラレンスには、ショットガンを勧める。それも自動連射式のものだ」

エムが、左手を空中で操作して、それをテーブルの反対側に座るクラレンスへ放るような仕草をしました。ここにいる全員が見られるようにして出したウィンドウが、クラレンスの前にスライドしてきました。

「ほほう？」

そこには、GGO内で買える、戦闘に適した自動連射式ショットガンのリストがありました。詳細なグラフィックのみならず、口径、装弾数、値段、重量なども書いてあります。主に狩猟に使われるショットガンですが、戦闘用のもちゃんとあるのです。

「それくらいの重量なら、運べるだろう？」

エムが聞きました。

レンよりは足が遅いですが、ずっと可搬重量が多いクラレンス、目にした数字に頷いて、

「うん。いいんじゃない？　どうせ俺、あんまり遠くの敵を撃たないでここまできたからね。ショットガンりょーかい！　練習するよ！」

ショットガン、あるいは散弾銃の有効射程は、使う弾によってだいぶ違います。

一発だけの弾だと、どんなに頑張っても150メートルほど。戦闘に使われる一般的な散弾だともっと短くて、50メートルがいいところ。

そのかわり、近距離での破壊力は強いです。戦闘に適した《ダブル・オー・バック弾》だと、一発の発射で、直径8ミリほどの鉛弾が9発一斉に放たれます。

そしてそれらが適度に散らばりながら放たれて、ほとんど同時に体に命中することで、GGOにおいては、被弾したプレイヤーの行動を一瞬麻痺させる能力があります。

これは馬鹿にできない特性で、ヒットポイントがたっぷり残っているプレイヤーでも、散弾銃の連射を食らい続けると、為す術もなく殺されてしまうこともあります。

「よし。銃や散弾の選択で分からない事があったら、なんでも聞いてくれ。メッセージでもいい。必要なら、あとで買い物に付き合おう」

「オッケー！　いろいろ聞きたいけど、買い物は明日以降がいいな。今日は早く寝たい。あと30分、21時には落ちるよー。明日までに、できる限りは調べておく。――レンはどうする？　同じく散弾銃にする？」

「うーん」

隣でウィンドウを見ていたレンが、数丁のショットガンのグラフィックを見て渋い顔をしました。

それらは大抵、細くて長いです。

大抵のショットガンは〝チューブマガジン〟という仕様で、銃身の下に同じ太さのチューブを設けて、そこに弾を縦に並べて入れておきます。

戦闘で有利になるように連射可能弾数を増やすと、その分銃も長くなってしまうという、文字通り〝寸法〟です。

「わたしには、長すぎて使えないと思う」

「そっかー」

エムも同意して、

「レンの体格では、コンパクトな武器の方がいい」

「すごくよく分かるけど、それだとピーちゃんと同じくサブマシンガン、あるいは全長が短くて軽いアサルト・ライフルだよ。意外性、全然ないよ？　拳銃だったらヴォーパル・バニーがあるし……。正直、わたしが第二武装にできるものって、なくない？」

「俺もずっとそこで悩んでいた。そして、一つの答えを出した。この前のＳＪでのレンの活躍も参考にしてな」

「それは？」

「それはな――」

エムは、レンの質問につらつらと答えました。

周囲のチームメイトが、ほう、と感心の声を漏らしながら聞いていました。

聞き終えたレンは、

「分かった！　それにする！」

何も質問しませんでした。


「じゃあこれで、チームの第二武装は決まったとして——」

「ちょいとピトさんや……。ワザとかのう……？」

「あらやだ、ウッカリ忘れていたわー」

わざとに決まっています。決まっていないのは、フカ次郎の第二武装。

「フカも、シャーリーと同じく、そのままでいいんじゃない？」

レンが言いました。

フカ次郎の武装は、《ＭＧＬ—１４０》。

４０ミリ口径、六連発グレネード・ランチャーを両手に2丁。それだけで十分ぶっ飛んでいる、まず普通のプレイヤーは選ばない装備です。

火力だけなら誰にも負けない、いわゆる〝火力バカ〟。それでいて、これまでの戦いではしっかりとした戦果を出しているので、無理に別装備を選ばなくてもいいじゃありませんか。遠方にグレネードを送り込む腕は、かなりのものですよ。

そう思いながら、レンは思いました。

フカ次郎のことだから、絶対に第二武装を欲しがるだろうと。

理由は、その方が楽しいから。

「イヤだいイヤだい！　オイラは第二武装を持っていくんだい！　――だって、その方が楽しいじゃんか！」

ほらね。

「みんなが〝お色直し〟で楽しんでいるときに、オイラとシャーリーだけ仲間ハズレはイヤだい！」

駄々をこねるフカ次郎に、シャーリーが、

「別に私は気にしないがな。戦い方を極めたのなら、それでいいだろう」

呆れて突っぱねているのか、それとも助け船を出しているのか、よく分からない言葉を贈りました。

「まあ、フカちゃんのグレネード攻撃は十二分に凄いからねえ。それ以上の戦闘力って、出しづらいわねえ。相手をビックリさせて――、でも弱くなっちゃ意味ないし」

「そんなピトさんまで！」

「でも、せっかくの特殊ルールだから、武装スイッチを楽しみたい気持ちも分かるのよねえ」

「さすがピトさんだぜ！」

「それが分かったら答えてるやい！　エムさんよー、頼むよー。こんなときのために、アンタがおるんじゃろー？」

「むう……」

巌のようなエムの顔が、歪みました。本気で困っている顔です。

「フカは、体力も筋力もあるので、かなり重い武器でも大丈夫だが……、しかし、正直言いにくいのだが……」

「皆まで言わんでも分かってるやい！　オイラの射撃能力が、低いっていうんだろ！　ヘタだよ！　ああ！」

「まあ、そうは言ってないが——、そういうことだ」

「言ってるじゃんかー！」

そうですフカ次郎、鉄砲を撃つのがヘタなのです。

GGOに来て最初に手に入れた銃が、超高価で重い、連発式グレネード・ランチャーという、普通のプレイヤーがまず経験しない、まず経験したがらないGGO人生を歩んできているフカ次郎。普通のプレイヤーが当たり前に手に入れているはずの、普通の銃の射撃経験もスキルもないのです。

なにせゲーム開始直後のチュートリアルすら、必要ないとぶっちぎりましたからね。良いプレイヤーは、決して真似をしてはいけない。

その分、グレネード・ランチャーの扱いには長けまくって、プレイヤーとして凄腕ではあるのですけど。

「なんだよ！　じゃあオイラは第二武装を諦めろっていうのかよ！　諦めたらそこでSJ終了だよ！」

完全に駄々っ子になってしまったフカ次郎を、シャーリーやクラレンスの、〝どうしたもんかな〟と言いたげな生暖かい目線が包みます。

「ピトさん、エムさん――」

レンが、親友のために、そしてチームのために言います。

「なんとかして――」

「レン！　やっぱり親友だぜ」

「諦めさせて」

「ヒド！　レン！　お主！」

「むー……」

エムの顔がいよいよ厳しくなりましたが、その数秒後、

「ああ、一つ思いついた」

「それだ！」

フカ次郎、何も聞かずに採用しました。レンが顔を向けます。

「いいの？」

「どうせ答えが出ないのなら、出た答えがベストなのさ！　レンも、これから恋愛を重ねたら分かるようになるよ」

「今その話はスルナ」

「なになに、レンってリアルじゃ、処女なの？」

笑顔のクラレンスが食いついて、レンはシャーリーに、相棒の始末を頼む目線を送りました。

懇願でした。〝なんなら殺してもいいから〟的なニュアンスを含む目線でした。

「イイじゃん話したって減るものじゃ――、むがむが」

シャーリーがクラレンスの口を後ろから塞いでいる間、話を全力でずらしたいレンが訊ねます。

「エムさん、その答えとは？」

エムが、己のアイデアを簡単に説明して、

「いいと思う！　それ、ベスト！」

レンは声を弾ませました。

「じゃろう？」

21時近くになって、

「おっとタイムオーバー。よい子は寝なくちゃ。先に落ちるねー。エム、明日よろしく。皆さんおやすーみー！」

クラレンスが光の粒子になって消えて、酒場には五人となりました。

既に、SJ5準備会議は終わっています。

シャーリー以外の第二武装はバッチリと決まり、運ぶ担当も決まりました。

レンの第二武装は、やはりバディとなるフカ次郎が運ぶことになりました。そしてその逆も然り。

エムとピトフーイもそれぞれのを。そして、当然ですがシャーリーがクラレンスのを。

「まあ、順当なところだな。ところで――」

シャーリーが、ピトフーイを睨みます。

「SJ4のとき、開始後は好き勝手に動いていいと、隙あらばお前の寝首を掻いていいと言って私達を誘ったな。あの約束……、まだ生きているんだろうな？」

謎の色のドリンクを飲んでいたピトフーイが、ニンマリと笑って答えます。

「もっちー！」

「いいだろう。SJ5、実に楽しみだ。では、お前を屠るための射撃練習に行く」

それだけ笑顔で言い残すと、孤高の女スナイパーは、酒場の部屋から颯爽と出て行くのです。

もったいないからと、飲みきらなかったアイスコーヒークリームなしシロップ入りのカップを手に。


シャーリーが退出して、週末らしいノンビリしたムードが漂い始めた、土曜の21時過ぎの酒場で、ただしゲームの中で、

「わたしは、普通にSJを遊びたいよー」

レンが、切なそうに呟きました。

レンには、そう言うに足る、言ってもいい過去がありました。

SJ1は、エムと二人だけで参加という縛りはありましたが、序盤は普通でした。

しかし、調子良く敵チームを屠っていたら、途中のエムの脱落で、一人で六人相手に暴れる羽目に。まあ最後の最後は、エムも助けてくれましたが。

SJ2は、今まさに目の前でニヤけている、顔タトゥー女の強烈な自爆願望に振り回されてエラい目に。

最初から最後まで、精神的に、ホトホト疲れるゲームでした。今目の前にいてくれて、本当に良かったですが。

SJ3は、やっと普通のチームプレイを楽しめるかと思ったら、クソ作家の思いつきによる

特殊ルールに振り回されました。

　あのとき実際に〝裏切り者〟に選ばれたのはレンだったのに、選ばれなかったピトフーイが変なことを言い出して引っかき回してくれたおかげで、さらに大変なバトルに。

　自分の意見は言えるときにハッキリ言おうと、あのときレンは心に決めました。人生経験でした。

　SJ4は、西山田炎の、あるいはファイヤのおかげで、自分のGGO人生を懸けた、またも普通じゃないプレイを強いられることに。その後の、リアルでのフラれ？　思い出したくもない。忘れた。なんのことかね？

「なあにレンちゃん、今度こそ普通よ」

「ピトさんが言うなー！」

「たぶん！」

「付け足すなー！」

「リアルのしがらみを忘れ、このヴァーチャルな世界で、思う存分、己の闘争本能を解放し、SJ5を楽しみましょう。それはゲーム。誰も死なないゲーム。ライバルチームとのバトルに興じるも良し、ガッツリ優勝を狙うのも良し」

「まあ、そうするけどね……」

　GGOを始めて早1年以上。

始めた理由の〝長身故に引っ込み思案な自分とは別の誰かになる〟という目的は達した気がするレンです。

達し過ぎたかもしれません。

自分にこんな運動神経と、根性と、負けん気と、闘争本能と、殺戮センスがあるとは思いもしませんでした。

親には知られたくない一面です。知られてはいけない一面です。

「はー」

小さく溜息をついてアイスティーのストローを口にしたとき、

「ぬぬっ？」

フカ次郎が小さく、しかし本気で驚いている声を出しました。

「どったん？」

レンがテーブルに顎を載せ、傾けたカップの先のストローを咥えたままという行儀の悪い格好で、脱力100パーセントの言葉をかけると、

「うん、今、メッセがきてな。〝SJ5の参加を望む人達に〟って」

フカ次郎、自分にしか見えない空中のウィンドウを見ているようです。

「ふーん。どんなー？」

「うん、まあ、大したことじゃねーんだけどな。まあ、差出人が誰だかよう知らん人でな。こ

れアレだな、捨てアカっぽいな」

「なにそれ？　GGOの中でまで迷惑メッセージ？」

「ただ内容は、読むに、恐らく真面目だと思うな。うん。でもまあ、これはレンには届かないヤツだから、気にしなくていいと思うぞ」

ちゅるちゅる、ごっくん。

アイスティーを口に入れて、そして飲み込んでから、

「そうなの？　そうなると、なんか気になるけど」

レンが少しだけ興味を持ちました。

「なあに、本当に、大したことじゃない。次のSJで、レンを屠ったプレイヤーに、1億クレジットを送るって、ただそれだけの話だ」

「なあんだ」

答えて再びストローに口を付けて、口の中に液体を入れて、

「ぶばっ？」

レンは豪快に吹き出しました。

SECT.2

第二章 賞金首、その名はレン

第二章「賞金首、その名はレン」

9月19日　12時30分。

「ご視聴のみなっさーん！　どうもこんにちは！　やって来ました第五回スクワッド・ジャム！　それは略してエスジェイファイブ！　そうさ俺たちゃ愛銃を愛撫！　中継しちゃうぜ英語でライブ！」

SJのスタート地点とも言える大きな町、《SBCグロッケン》にある酒場のメインホール、その広々とした大空間で、ハイテンションで韻を踏みながら叫んでいるのは、

「今日も元気な、実況銃士のセインでーす！　最近、近所のお家のワンチャンに、よく吠えられます！」

彼でした。

中肉中背で、よくあるお顔と、外見的特徴があまりないアバターのセインですが、この酒場にいる観客で、彼のことを知らない人はほとんどいません。

彼の作る動画は、評価がとても高いです。

音をほとんど拾わず、バトルシーンだけを点描する公式の中継動画より、ずっとずっと面

白いのです。退屈しないのです。

「いよっ！　待ってました！」

「予選突破、オメ！」

「今回も、楽しいのを頼むぞ！」

「というかにーちゃん、本戦で、もちっと長く生き残れよ！」

「そうだよ死ぬのが早すぎなんじゃ！」

「もっと見せろ！」

「いっそ強いチームとタッグを組め！」

今日も酒場を埋め尽くす観客達から、熱く無責任な声援の声が飛ぶのです。

ちなみにセインのチーム《散切り頭の共》、略称ZATは、SJ2ではMMTMに、SJ3ではSHINCに、SJ4ではモンスターに気を取られている間にレン達に屠られました。全て序盤でした。それはそれは、見事な全滅っぷりでした。

チームとして、毎回予選を突破するくらいの実力はあるのですが、その先がどうもよくありません。

セインが実況にかまけていて戦力外になっているのではないかという疑問は、口に出してはいけない何かになっています。

「ありがとう皆さん！　皆さんありがとう！　うーん、ロンガーな生き残りは今後の課題ですね！　今回は武装スイッチでどうにかなるかなあ。なるといいなあ。まチト覚悟はしておく。

——さあてさてさて、ＳＪ５試合開始まで30分を、参加〆切りまで20分を切りました。そろそろ出場チームが酒場にのうのうと入ってくる頃です！　有名チームを見かけましたら、ジャーナリスト魂をフルに発揮して、怯まず恐れることなく突撃取材を敢行したいと思います！」

セインが言ったそばから、大きな両開きスイングドアを押し開けて入店してきたチームがありました。

「おっとー！　さっそく有名チームが来たぞ！」

入ってきたのは、六人の男達。

酒場の喧噪が、スッと静まります。

数色の緑を、直線基調の迷彩にしたスウェーデン軍の戦闘服。それを揃って着こなす男達——、そうです、ＭＭＴＭです。

表示用に略さなければ、正式名称は《メメント・モリ》。〝死を忘れるな〟というラテン語。

肩に着けたチームエンブレムは、ナイフを咥えたドクロ。

リーダーのデヴィッドはもちろん、メンバー達もかなりの凄腕揃いです。

そしてなにより、チームプレイを重要視している連中です。個人個人が勝手に動くことはありません。

正直、チーム総合力ではＳＪ参加中トップと言ってもいいのでしょうけど、どうも今までの

ＳＪでの生き残り率が高くありません。優勝経験はありません。

相手にするのがレンやピトフーイ達だったというのも、不運なのかもしれません。もちろんですがレンやピトフーイに対する恨みは海より深く、倒して優勝を狙うのがその目標です。

「先陣を切ったのは、ＭＭＴＭのメンバー六人です！　優勝したことがない優勝候補！　ちょっと取材をしてきます！」

酒場の奥へ、個室へと向かう六人へと全力ダッシュしたセインは、

「こんにちはー！」

全力で挨拶した瞬間に、
ギラリ。

デヴィッドに全力で睨まれて、

「それだけ言いたかったんです！」

そう言い残しながら、全力で戻ってきました。

「なんだよそりゃ！」

「弱ーっ！」

「ここで殺されてこいよ！」

「ジャーナリスト魂はどこ行った？」

「怯むなー！」

「恐れるなよ!」

観客達から無責任な言葉が飛びました。


MMTMがメインホールから消えるとほぼ同時に、そっと入ってきたのは別の六人。

「おっ?」

セインを含め全員が注目しますが、誰も男達の顔が分かりません。中継でも見たことない面々です。今回初出場の人達かな? たぶんそうだ。

なので、さらにその後ろから入ってきたチームに視線が集まり、それが六人の女達だったもので酒場は大盛り上がりです。

「おおっと、来た! アマゾネス! SJ3では……、大変にお世話になったぜ!」

セインが最初に入ってきた六人をスルーして、彼等の脇を通り過ぎました。

この六人、実はSJ2優勝チームのT―Sなんですが。

全身プロテクターとヘルメットがないと、本当に誰にも気付かれないんです。コレ幸いと、T―Sの六人は個室に入るでもなく、広間の一角のテーブルに座りました。

セインは酒場を進むSHINCの脇に来ると、

「どうもー! 見目麗しい――、と思うことにします! お姉さん達!」

殴られるのを覚悟で突撃取材して、先頭を進むゴリラのお下げに、ニヤリと笑われました。

「よう、戦場カメラマン。凝りもせずに来てくれたか。また殺してやるぞ。ＳＪの中でな」

「ふっ、やれるものなら……、やってみな」

堂々と胸を張って言ったセインの捨て身の行動は、それなりにウケたようです。ＳＨＩＮＣのアマゾネス達が笑いました。

ＳＨＩＮＣも奥の個室に引っ込むようですが、それに合わせてセインが横を歩いて、

「ズバリ、意気込みは？」

「ま、いろいろあるが……、いつもと同じだ。全力を尽くす」

ボスは、少し言い淀みましたが、答えてくれました。

「期待していますよ！　正直優勝してもおかしくないチームですから！　してないけど！」

喧嘩を売っているようですが、

「褒め言葉として受け取っておく」

ボスは大人の対応を見せました。そして、言葉を続けます。

「今日は、セクハラ発言はないようだな」

「え？　して欲しいんですか？」

「訴えるぞ？」

「スミマセン！　――最後にもう一つだけ質問させてください！　もちろん真面目なことで

す！」

個室までもう少しの距離。ボスが答えます。

「なんだ？」

「今回、特殊ルールで装備スイッチがありますよね？　当然ですけど、おねーさん達も、準備してきたかと」

「むろんだ。それなしで勝ち残れるほど、皆が優しいとは思っていない」

「ズバリ――、どんな別装備を？」

「相手を驚かせるための装備スイッチだ。ここで言うと思うか？」

「そこをなんとか」

セインが笑顔で食い下がり、

「じゃあ教えてやろう。私はセクシーなビキニを用意した。敵を悩殺する」

ボスがゴリラ顔をニヤリと歪ませて、あからさまな冗談で返しました。

セインが、スッと真顔になって、ぼそりと喋ります。

「えー、などと意味不明のことを供述しております。――現場からは以上です」

「にゃろ！」

「はいはい、ボス。遊んでないで、行くよ」

ソフィーに大きな背中を押されて、ボスが、そしてSHINCの四人が、個室に消えていきました。

消えたのを見届けてから、セインが、

「あ、しまった！」

とあることを思い出すのです。

「仲の良いピンクの悪魔が、１億クレジットの〝賞金首〟になっているのを聞くのを忘れた！」

数分後。

無名チームがいくつか通り過ぎて、酒場のあちこちに座っていったあとのこと――、セインの目に映ったのは、

「おっと来ました！　とうとう来ました！　来ると思っていた！　前回優勝チーム！　略称ではなく、ここは誇らしく正式名で呼ばせていただきましょう！　《全日本マシンガンラバーズ》様方と！」

「うおおお！」

「来たぜ！」

「待ってました！」

「いよっ！　前回優勝オメ！」

「オープン・ボルト！」

さらに増えてきた酒場の観客達も沸きたちました。

セインの実況にも熱が入ります。

「前回のSJ4にて、ほとんどダメージを食らうことなく、誰一人欠けることなく、SJ2の漁夫の利チームを除いては、今まででもっとも完璧な優勝をしてしまったチーム！　それがZEMAL！　その名前を覚えておけ！　僕は忘れない！　ところで〝ジーマル〟って読んでいるけどそれでOK？　今さらで失礼！」

セインの言う通り、SJ1では、レンに撃ちまくっている間に後方警戒を忘れてサラリと全滅させられたヘッポコ連中が、とうとう優勝までしてしまいました。『SJ最大の成長チーム』との呼び名も、嘘ではありません。

前回は神輿を担いで、新規参入した、そして唯一の女性メンバーを掲げながら入場した連中ですが、優勝して賞金の他に常識も手に入れたようで、普通に全員、歩いて入ってきました。

そのビービーがリーダーなのは間違いなく、彼女が入ったことでZEMALはさらに強くなったのは明々白々。SJ4での戦い方は全て彼女の指示でしょう。

セインは、

「失礼します！　マシンガンの女神様！」

彼女にそう言いながら突撃取材。

女神様と言われると、ＺＥＭＡＬの男達もセインを止めませんでした。なぜなら信者だから。

信者だからです。

「ＳＪ４は本当にお見事でした！　感服いたしました！　今回も、見事な完全勝利を期待しています！」

「ありがとう。今回も期待に添えるように、頑張るわね」

爽やかな笑顔でサラリと答えるビービーに、酒場が盛り上がります。

それでなくても女性プレイヤーの少ないＧＧＯ。

これまでＳＪに参加してきたのは、凶悪チビだったり邪悪タトゥーだったりアマゾネスゴリラだったり殺戮スナイパーだったり色仕掛け宝塚だったり、どうにもイカレた——、もとい、大変個性豊かな連中が多いですが、ビービーは違います。

物腰といい雰囲気といい、服装を変えてオフィス街で歩かせたら絵になる、とても素敵な大人の女性です。

セインの鼻の下が伸びて、声も弾みます。

「今回、特殊ルールで武装スイッチがありますが、正直、マシンガンの特性をフルに発揮しているこちらのチームでは、必要なかったのでは？」

「そうかもね。でも、何か準備しているかもね」

「それは驚きたいですね！　そして今回、ビックリしたことに、ちょっと変わった賞金首がかけられましたが――」

セインが、ＳＨＩＮＣに聞きそびれたことを、ここで訊ねることにしました。

「狙っていきますか？」

少し考えて間を取ったビービーが、

「ピンクの悪魔、レンちゃんのことね。話は聞いているけど、どこまで本当なのかしらね」

興味なさげに、あるいは興味がないフリで答えました。

セインが食い下がります。

「ご存じないんですか？　賞金の１億クレジットは、既にアイテムとしてＳＪ５の掲示板にアイテムボックスとして展示されていますよ。あとは暗証番号をメッセでもらった人だけがそれをゲットできる仕組みで！」

この展示がされたのは〝賞金首〟のメールが来た直後でした。

売買も含む受け渡しの詐欺防止のため、アイテムボックスの中身に嘘はつけないシステムです。中にその金額が用意されているのは、本当に本当なのです。

実際にレンを仕留めたプレイヤーに暗証番号を知らせるメッセージが来るか、という問題は残りますが。

「あら、それは知らなかったわ」

本当に知らなかったのかは、ビービーの爽やかな笑顔からは分かりません。ただ、彼女はこう言葉を続けるのです。

「SJでは、自チーム以外は全て敵。見かけたら倒す。もちろんピンクの悪魔もね。その結果、もらえたら、もらえるものは、もらっておこうかしらね。——それじゃ」

インタビューの時間は終わりました。ピーターが警備員よろしくスッと間に入ってきたので、

「活躍、期待しています！」

セインはそれだけ言って素直に引き下がりました。


GGOを初めとしたVR世界では、リアル世界での1分間に、60秒が流れます。

酒場の時計の針は着々と進み、酒場にはいろいろなチームが入ってきました。セインがその都度実況し、場が盛り上がります。ただ、前回のような、タッグを組んでいる謎の覆面集団はいませんでした。

13時45分が過ぎて、46分が過ぎて、47分が過ぎて、〆切り2分前になって、

「まだ、来ないな」

「ああ……」

「見逃してないよな……」

「たぶん……」

再び酒場がざわめきます。

ＳＪ１で、そしてＳＪ３でと、都合二回、優勝回数最多を誇る、ピンクのチビが、そしてそのチームが、まだ来ないのです。12時50分までに体が酒場に完全に入っていないと、遅刻認定でＳＪは欠場になります。

「またギリギリ狙ってるんだよ」

ＳＪ２でも、ＳＪ３でもギリギリだったチームです。

「いや、もう来てるんじゃね？　また、そんなオチじゃね？」

ＳＪ４では、来ていないと思わせて実は１時間前に酒場に入って既に個室で待っていたので、今回もそれかと予想する人がいましたが、

「いや、俺は４時間前からここにいるけど、ピンクの悪魔チームは、誰一人まだ来てない」

誰かの言葉に、周囲がさらに驚きます。

「マジかよ……」

「レンちゃん、まだかよ……」

「おいおい……」

「ところであんた、なんでそんな前からいたんだ？」

「失業して以来、家にいると妻がうるさくてな。ネカフェに逃げてる」

「生々しい話、どうもありがとう」

そのとき、

「おっと誰かが——、あれれ？」

新しく入ってきたチームのメンツに、セインも、

「ええ？」

「は？」

「なぬ？」

「ナンデ？」

酒場の観客達も、大変に驚くことになるのです。

入ってきたのは、待ちに待った連中でした。巨漢のエムを先頭にした、チームLPFMの面々です。

しかし、驚かざるを得ない要素が二つ。

一つは、

「ピンクの悪魔が、いません……。オウノー！　ホワーイ？」

セインの言う通り、入ってきたのは五人。

巨漢のエム、タトゥー女ピトフーイ、ちびっ子グレネーダーフカ次郎、炸裂弾スナイパーのシャーリー、イケメンだが実は女のクラレンス。

ひい、ふう、みい、よう、いつ――、何度数えても五人。

そう、レンがいないのです。

ちっこいので、五人の後ろで見えないだけかなと思ったのですが、違いました。明らかに、いません。いないのです。続いて入っても来ません。

そしてもう一つは、

「それに、これはどうしたことだ？　五人全員が既に銃を抱えているぞ！　気が早いにも程があるぞ？　酒場を襲うつもりか？　エムなんて――、なんだその銃は！」

セインが実況した通り、五人は銃から防弾ベストからヘルメットからホルスターからリュックから、全員フル装備を実体化しているのです。つまり、SJ中の格好をしているのです。

これは、別にやってはいけないことではありませんが――、普通はしません。

先頭をヒョッコリ歩いているフカ次郎は両肩にMGL―140を提げていますし、ピトフーイはKTR―09を右手に持っています。シャーリーとクラレンスも、それぞれの愛銃をスリングで背中に吊っています。

そしてなんと言っても驚きなのは、エムです。

手に入れたばかりの対物ライフル、アリゲーターを、これでもかと見せびらかしていました。

2メートル近い巨体が、2メートルある槍のようなライフルを、右肩に預けて、のっしのっしと歩いているのです。広い背中には、鉄壁の防御を誇る盾が入っている巨大なバックパック。

SJ中にしか見られないはずの完全武装、しかも今回初登場の新装備を――、本来はサプライズするはずの強力な銃を、隠しもせずに持ってきました。

「なんだありゃ……」

「あれは……、アリゲーター対物ライフル！　実装されていたのか……」

「対物ライフル、本当に増えたよなあ。でもまだ店には並ばないけど」

「出たら即座に売れるからだよ」

「欲しければ、難クエストクリアしろってな」

「俺はまだGGOを始めたばかりで、銃には全然詳しくないけど……、あれはウクライナ製でボルト・アクション、14．5×114ミリ弾の5発弾倉のやつだな」

「十分詳しいよ」

「でっけえなあ。エムが持つとやや小さく見えるけど」

「槍だな。腰に構えて突撃するだけで人を殺せそうだ」

「長え。俺んちで持ったら、間違いなく天井を突き破るな。敷金がヤバイ」

「リアルの話はそこまでだ」

酒場の観客達が口々に好き勝手なことを言う中で、

「謎！　あまりに謎！　ミステリーが今、何の変哲もないガンゲイルな酒場に突然満ち溢れた！　この謎を解くために、セイン特派員は、丹田から激しく湧き上がる恐怖を押し殺し、謎が渦巻く現地へ向かったのであった！」

　セインは、周囲の観客が驚いている酒場の中を、まるで参勤交代のようにゆっくりと進む武装集団へと近づいて、

「ハ、ハロー！　エブリバディ！　ハワユードゥーイング？」

　なぜか英語で話しかけました。

「ホワイ、イングリッシュ？」

　先頭のフカ次郎が、ヘルメットを被った頭を持ち上げて、セインをチラリと見ながら聞きました。セインが即答します。

「なぜなら、僕はフランス語が喋れないからです！」

「納得したぜ」

　満足したらしいフカ次郎、頭を戻して歩き続けます。まるでもうセインの役目は終わったかのように。険しい顔で、凜々しく、逞しく、ちっこい歩幅で。

　フカ次郎に置き去りにされたセインが、ピトフーイに迫りました。

「おねーさんおねーさん！　質問を二つさせてください！　二つで十分なんです！　時間がないからズバリ言います！　ピンクのチビは何処？　そして、なんで皆さん武装丸出し露出狂？」

　タトゥー女が、

「レンちゃんなら、出場やめたわよー」

アッサリと答えました。

まるで、『今朝の私の朝ご飯は、トーストに苺ジャム、それに納豆とフォアグラだった』とでも言うようなアッサリさでした。

「なっ！　なんですとー！」

セインの絶叫に、酒場の観衆の、悲鳴にも似たどよめきが被りました。

そのとき女性の声で、参加者がもうすぐ転送されるとアナウンスが流れ始めましたが、それが聞こえないほどのどよめきでした。

ピトフーイは、さも珍しいことではないかのように、歩きながら淡々と説明します。

「皆さんご存知の通り、レンちゃん、ワケの分からない賞金首になっちゃったでしょ？　だから『バカらしい。わたしのＳＪを汚すな』って拗ねちゃってね。『今日は出ないから、みんな頑張ってね』って、ほんのついさっきメッセージがね。私達も、所詮はゲームだしって言ってさ、何度も参加するように返事したんだけどねえ。期待していたみんな、ゴメンねー。まあ、私達は五人でも問題ないし。新しい武器もゲットしたし、まーた優勝しちゃおうかなー。ほんじゃー」

それだけ言って去っていくピトフーイを、

「オウ・マイ・ゴッド……」

呟いたセインは追いませんでした。

五人は、周囲の観客達が静まりかえる中、厳かな大名行列を続けて、近くの個室へと消えていきました。

広間に残ったセインが、我に返って一人実況します。

「き、聞きましたか皆さん！　聞きましたか！　なんという驚き！　ビッグサプライズ！　ピンクのチビ、不参加！　それってマジか！　青天の霹靂！　青春の経歴！　どうなる懸賞金！　どうなるＳＪ５！」

散々叫んだ後、彼はとあることに気付きます。

「あ、武装剝き出しの理由、全然答えてもらってないや」

そして、12時50分を迎えました。

それ以外の参加メンバーと同じように、セインがその場から消えて、10分間の待機エリアに飛ばされました。


待機エリアは、薄暗くて狭い場所。

そこに立っていなければ、床があるのかもよく分からない空間です。【待機時間　09：59】の文字が空中で、音もなくカウントダウンを続けます。

10分間、装備を確認したり用意したり、気合いを入れたり入れなかったり、チームでの作戦を考えたり考えなかったり、あるいは暇を持て余したり、SJ参加者達がそれぞれの時を過ごす場所です。

ついでに、SJで死んだプレイヤーがここに飛ばされて、やっぱり10分間待機する場所でもあります。

その場所で、フカ次郎は、

「これで騙せたかねえ」

隣にいる、山のように背の高いチームメイトに顔を向けて呟きました。巨漢のエム、その背中にある迷彩柄の巨大なバックパック——、の中から蓋がポンと開かれて、

「ぷはっ！」

ピンク色のチビプレイヤーが頭と顔を出しました。もちろんレンです。ずっと縮こまって、身じろぎ一つせずに隠れていたレンです。

エムが、

「戦ったチームにはすぐにバレるだろうが、全力で屠ってしまえばいい。酒場の連中にバレても、プレイヤーに伝えることはできない。少なくとも、懸賞金目当てでSJ勝利を目指していないような捨て身のチームに、積極的に狙われるようなことはないだろう。ベテラン勢はさておき、酒場の中で個室に入らず様子を窺っていたようなチームをガッカリさせることはでき

たはずだ」

そう淡々と答える間、ピンクの戦闘服だけを着て装備品を身につけていないレンはバッグから上半身を出して、よいしょよいしょとエムの肩の上に登っていました。

やがてバッグから両脚を出し切ると、そこからぴょんと飛び降りました。そして無事に着地。

「まあ！　レンちゃん来てたの！　あらやだ、私……、ジャーナリストに嘘をついちゃった！」

わざとらしい声を出したピトフーイに、

「これやれって言ったの、ピトさんだし」

レンはじっとりした視線を向けるのです。そうです、発案者はコイツです。

ニヤリとタトゥーを歪ませたピトフーイ、

「これで大多数は、レンちゃんをいないものと思って、見かけると幽霊でも見たと思ってビビる。まあ、なんて天才的な思いつきなのかしら……。ああ、自分の才能が怖い……」

「どうだか……。それにわたし、賞金首になったくらいで、SJから逃げないもん」

レンが小さな口を尖らせて決意を語ると、ピトフーイが両頬のタトゥーを大きく歪ませるのです。

「それでこそ、私のレンちゃん！」

「ピトさんのじゃないし」

黒い床にべったり座って脚を前に投げ出した、すなわちリラックスモードのクラレンスが、

「ねえレン。本当に心当たりないのー?」

レンに問いかけました。

クラレンスは上から下まで黒い服なので、オマケに黒髪なので、黒い空間にいるとハンサムな顔だけ浮いているように見えます。ちょっと怖い。

「ないったらない!」

レンの頭の中に、西山田炎がよぎりましたが、すぐに打ち消しました。

根拠のない勘でしかないのですが、彼は、そんなことをする人ではないでしょう。

ちなみに後日メッセージでやりとりした際に、美優や豪志やエルザも揃って同じ意見でした。

今回はヤツじゃない、と。

瞬時に断定した美優にその理由を聞くと、

「奴はもう、香蓮にちょっとでも関わりたくないだろうからな」

そんな名推理を炸裂させて、香蓮を黙らせました。

レンは、

「というか、心当たりがあるとしたら、今までGGOで、そしてSJでわたしが屠った全員だよ!」

「そりゃそうかー。でも、あの大金をポンと用意できるのは普通じゃないよ。つまり異常。よっぽどの粘着質」

　ＧＧＯのクレジットは、電子マネーに変換できます。すなわちリアルマネートレード、略してＲＭＴが可能。

　レートは１００対１ですので、１億クレジットは、日本円にすると１００万円です。ゲームの座興に出す金額としては、ちょっと狂っています。

「それは……、みんなで少しずつ出し合って結託したんだよ、たぶん！　チリツモ！」

「そうかなあ……」

　それはそれで、恨んでいる奴がとんでもなくたくさんいるということですが、それでいいんでしょうか？

　その辺を無視して、

「まあまあクラちゃん。ここで何度話しても、答えは出ないわよ」

　ピトフーイが宥めました。

　レンが、自分を梅雨時期のようにじっとりとした目で見ていることに気付いたピトフーイ、

「何度も言うけど、私じゃないからねー」

七日前。

レンが懸賞首になった直後、ＳＨＩＮＣのボスから、あるいは新渡戸咲から、レンにメッセージが来ました。

熱量が高すぎる長文でしたが、言いたいことは大変にシンプルでした。

すなわち、

『こんなの許せない！　次のＳＪでは最後の二チームになるまで一緒に戦いましょう！』

そのメッセージ内容をチームメイトに回して、特に反対はありませんでした。

ＳＪ４でも、先日のクエストでも共闘した二チーム、実力者がガッツリと組んではいけないルールはありません。

やってやろうではありませんか。他のチームを全員屠ったら、また対決と洒落込もうではありませんか。

ただ、大きな問題が一つ――、

「ＳＨＩＮＣとの合流だが、13時10分のスキャンを待って位置を把握、あとは流れに任せるしかない」

残り時間６分を切った待機所で、エムが言いました。

彼は既に、アリゲーターをストレージにしまい込んで、装備スイッチ用セット、あるいは別武装、もしくは第二武装としてピトフーイに預けています。

今、彼の太い足元に置いてあるのは、７．６２×５１ミリＮＡＴＯ弾を撃ち出す愛用のバトル・ライフル――、Ｍ１４・ＥＢＲです。

レンが隠れていたバックパックには、これまでＳＪで大活躍してきた盾が収まっています。ちなみにさっきまでは、バックパックの型が崩れない為に、二枚だけが入っていました。レンはその間で、つまりサンドイッチの具になっていました。

ピトフーイ以下の面々は、酒場に入る前にフル装備実体済みなので、もうやることはありません。

レンもまた、さっき実体化した愛銃Ｐ９０、愛しのピーちゃんをそっと手に握りしめ、その弾倉ポーチが3本ずつ両腰左右に広がっています。

ポーチと銃に入れた7本、そしてストレージに収納しているのを全部含めると、レンの持ち込んだマガジンは25本。弾数は１２５０発。これはかなり多い方です。小さい弾薬と50連発マガジンのなせる業。

コンバットナイフのナーちゃんも、腰の後ろの位置に装備。

ＳＪに必要なサテライト・スキャン端末は既に受け取っていて、いつものように戦闘服の胸ポケットに収めてあります。

ＳＪ中、公正を期すために唯一のヒットポイント回復アイテムである、太いペン型の《救急治療キット》３本は、取り出しやすいように腰の前のポーチにセット。

光学銃のダメージを大幅に防いでくれる、まるで大きな宝石のような外見の《対光弾防御フィールド》はいつも通りベルトに。

「うむ、あとは流れだ。それしかないなー」

床に仰向けに大の字に寝転んで、クラレンス以上のリラックス――、を通りこして、もはや睡眠に入ってもおかしくないモードのフカ次郎が言いました。

グレネード弾が詰まったバックパックが枕です。緑の大きなヘルメットは、お腹の上にポンと置いてありました。

ＳＨＩＮＣとの共闘が決まった上で、最大の問題は、『どうやって、なるべく早く合流するか』です。

強豪チームはスタートポイントをフィールドマップの四隅に散らす、のが今までのＳＪでしたので、今回も間違いなくそうでしょう。

四大強豪チームといえば、ＺＥＭＡＬ、ＳＨＩＮＣ、ＭＭＴＭ、そしてレン達です。ＳＪ４では実際に、マップの角からスタートした連中です。

フィールドマップの広さは、一辺が10キロメートルの正方形。

つまり１００平方キロメートル。何度も喩えに出されますが、山手線の圏内がおよそ63平方キロメートル。

　これはかなりの広さです。二チームが出会うまでが、大変な作業です。

敵チームとの通信アイテムを、最初から繋いでおくことはできません。フィールドで合流して接続するしかないのです。

　開始10分後のサテライト・スキャンでお互いの位置は判明しますが、逆に言うとそれまでの無謀な行動は禁止。

　そこから、序盤の敵の数が多いフィールドを移動して、お互いを見つける必要があります。

その間にMMTMやZEMALを含む強敵と戦い、これを生き残らねばなりません。

　スタート地点によって、合流地点がフィールド中央なのか、それとも東西南北どこかの一辺だけ移動すれば良いのか、まだ分かりません。13時10分までは何もできず、以後は流れに任せるしかないのです。

「レン」

　シャーリーが、珍しく彼女から話しかけて来ました。

「乗りかかった船だ。ＳＨＩＮＣとの合流までは、一緒にいてやる」

「ありがとう！　助かる！」

　レンが素直に喜び、感謝しました。

「じゃ、俺もね！」

クラレンスが言いました。

「ありがとう！」

レンは感謝しましたが、

「騙されるなやー、レンやー」

目を閉じて寝ているようにすら見えるフカ次郎が、口だけを動かします。

「その二人だけで序盤を生き残るのはキツいから、綺麗な理由をでっち上げただけだぞー」

「分かってるよ！　わたしが何年SJをやっていると思ってるのさ？　たとえそうであっても、実際に自分が助かる場合は感謝するの！」

「お主は本当に人がいいのう。まあ、そこが良いところじゃがな。——さて、ところでじゃが、皆の衆。ワシには一つ疑問があるのじゃがな……」

そしてフカ次郎、横たわったまま、恐ろしいことを口にするのです。

「我々のSJ5優勝がほとんど決まったとき、そう、それはSHINCとの共闘を終えて他のチームを屠り終えて、あとはSHINCをチョロリと捻るだけ。それも、レンがいなくても朝飯前に可能になった場合のことじゃがな——」

「はいはい、フカちゃん、皆まで言わずとも分かるわよー」

ピトフーイが楽しそうに乗ってきました。

「俺にも分かるよ。ずっと考えていた」

クラレンスも、にっこり笑顔。

シャーリーは、分かっているのでしょうけど黙っていました。エムもまたしかり。

フカ次郎が、恐ろしい発言を続けます。

「そうなった場合、オイラや、チームメイトがレンを後ろから撃ったり殴ったり刺したりして殺して、果たして1億クレジットの懸賞金はもらえるのかなあ？」

「なっ！」

分かっていなかったレンが、口から唾を吹き出しました。

振り返ると、仲間達――、ピトフーイとクラレンスとシャーリー、そして寝っ転がっているフカ次郎が、ギラリとした視線を向けていました。

瞳の中に〝¥〟が見えそうな視線です。

「お、お、お、おまえらー！　そ、そんなに……、そんなにお金が欲しいのかー！」

レンの魂の質問に、

「欲しい」

「欲しい」

「欲しい」

「欲しい」

四人が、連続して答えました。

やや遅れて、

「俺も、もらえるのなら欲しいかな」

エムが低い声で言いました。

レンが震えます。鍛え上げた敏捷性をフルに発揮した、超高速振動です。

「ぐぬ、ぐぬぬぬぬぬ……。いいよ！　そんときゃ、みーんなまとめてかかってこーい！　返り討ちにしてやる！　ただし、〝ほとんど優勝が決まったとき〟だけだからね！」

「おっけー」

フカ次郎、

「了解！」

クラレンス、

「そうする」

シャーリー、

「ラジャー！」

ピトフーイ、

「分かった」

エムの順番で答えました。

チームメイト同士での戦いも想定内。それが、チームＬＰＦＭの絆の強さです。たぶん。

そんなほのぼのとした雰囲気の中、カウントダウンは進み――、
01：00
「さあて野郎共、戦場へのバスが出るぜ！　チケット持ったか？　乗り遅れるなよ？」
ピトフーイが、KTR―09の装塡レバーを引いて、初弾を薬室に送り込みました。GGO
プレイヤーの全員が滾る、気持ちのいい金属音がしました。
「いくぜ、右太、左子――」
飛び跳ねるように起き上がったフカ次郎が、ヘルメットを被り、床に置いてあったMGL―
140二丁を持ち上げました。
「さーて、今度はどんな面白い殺し方ができるかなー。レッツキル！　エンジョイ！」
クラレンスが、AR―57を装塡しながら物騒な笑顔を作りました。
「ピトフーイ、首根っこ洗って待っていろよ」
チームメイトに言いながら、シャーリーがR93タクティカル2のボルトを往復操作。スト
レート・プル・アクションのこのライフルは、ボルトレバーはそのまま前後するだけです。素
早いです。
そしてシャーリーは、ボルト後方にある安全装置をかけました。
GGOで銃にいちいち安全装置をかけるのは、リアルでの射撃経験者でだいたい間違いない
です。なぜなら癖になっているからです。これは、実銃でも、エアガンでも変わりません。

GGOでしか銃を撃ったことがないプレイヤーは、まずかけません。それよりも、どんな時でも弾が出る方を優先するからで、これは別に、間違ってはいません。

「では、頑張ろう。第二武装への交換は、状況に応じてだ。俺の指示を待たなくてもいい」

エムが、M14・EBRのチャージング・ハンドルを引いて離しました。

マガジンの一番上から弾薬を咥え込んで銃の中に押し込んでいく金属が、今までで一番豪快な、甲高い音を響かせました。

そしてエムは安全装置をオン。やっぱり忘れない。

00：05

「よっしゃこい！　誰でもいいから、わたしの首を取ってみろ！」

レンがP90の装填レバーから手を離した瞬間、全員が光の粒子になって消えて、暗い空間には誰もいなくなりました。

そして同時に、【00：00】を表示していた壁に、大きな文字が浮かんだのです。

そこには、

『SJ5の特殊ルールについて。さらなる追加！　重要だよ！　よく読んでね！　死んでも諦めないで！』

の文字が大きく浮かび、その下に、かなり長い説明文が現れました。

それを読めることができるプレイヤーは、誰もいませんでした。

まだ、誰もいませんでした。

SECT.3

第三章 アローン・イン・ザ・ミスト

第三章「アローン・イン・ザ・ミスト」

転送の眩しい光が終わって、レンが目を開くと、

「ん？」

周囲は真っ白でした。

実際には、とても明るい灰色、あるいは乳白色といったところでしょうか。眩しくはないが、白くて何も見えない世界。

「あれ？」

レンは一瞬、転送に失敗したのかと思いましたが、そんなことは起こらないのがＶＲ世界ですので、それ以外の現象のはずです。

レンはまずは焦らず慌てず、状況の把握に努めます。くるりと回転して３６０度を見遣ってから、

「やっぱり白い……」

辺り一面がまんべんなく白くて、どっちを向いても白色以外何も見えないことを確認しました。上を見ました。同じでした。

足元を見ると、ピンクの二本の脚の下に、コンクリートがありました。少しくすんでいますが、GGOでは珍しくない、白いコンクリート舗装でした。

数秒後、

「霧かあ……」

レンは理解しました。自分は今、大変に濃い霧の中にいるのです。だから、足元以外見えないのです。

その地面もコンクリートで白いので、遠くを探っても、どれくらい遠くまで見えているのかよく分かりません。

さっきの待機所が黒くてよく分からない空間だとしたら、こっちは白くてよく分からない空間でした。

ならばせめて方位は分かるかなと、視界の一番上に出しているコンパスを見てみましたが、

「ダメか……」

使えない状態でした。表示が、薄い赤色に変わっています。

GGOでは、フィールドによってはこれが——、〝コンパス使用不可能〟が起こります。

その理由は、傷ついた地磁気の異常がどうのこうの、電波を発するエネミーからのジャミングがあーだこーだ。

要するに、〝そういう設定だから文句言うな〟です。

「おう、レン、お主、今どこにおるんじゃ？　小さくて見えんのじゃ」

「フカ？」

彼女の声は、左耳だけに届きました。

それはすなわち、通信アイテム越しの声を意味します。レンは、通信アイテムの設定を左耳にしていますから。以上証明終わり。ちなみに右耳にすることも、両耳にすることもできます。

チームメイトはすぐ近くに転送されるはずなので、右耳にも聞こえないのは、つまり肉声が全然聞こえないのはちょっと変です。

「どこと言われても、すっごく濃い霧の中だよ。どんな場所なのか、全然見えない」

「そっかオイラもだ。他のメンツはどうかの？　エムピトクラシャリの順でどぞ」

フカ次郎が聞いて、エムの声が戻ってきます。こちらも通信アイテム越しです。

「俺も、とても深い霧の中にいる。周囲はまったく見えない」

そしてピトフーイ。

「なんにも見えないわねえ」

続いてクラレンス。

「同じく！　まるで雲だよ。なんだよこれ怖いよー。ところでさー、霧と雲って、どこがどう違うの？」

最後にシャーリー。

「霧と雲は現象としては一緒で、違いは、地面に触れているか空にあるかだけだ。確かに凄い霧だな。車の運転ができないほどだ」

「なるほどー。ところで、カラリと晴れていても、シャーリーは運転しない方がよくない？」

クラレンスが言って、

「今は忘れろ」

なんでもできるけど車の運転だけは苦手なシャーリーが返しました。

「どうするの、これみんなドコ……？」

レンが困惑しました。

チームメイトとは少し離れているようですが、果たしてどっちに行けば、みんながいるのでしょう？

今は迂闊に動いてはいけない、という判断はできました。足が速くてちっこいレンならなおのこと。

「待て……」

エムが、珍しく困惑声を出しました。

「全員に順繰りに訊ねるぞ。足元は、どうなっている？　ピト？」

「黒くて湿った土よー」

「シャーリー？」

「硬(かた)く締(し)まった雪原だが？　お前等(まえら)、違(ちが)うのか？」

「クラレンス？」

「えー？　二人ともナニ言ってるのさ。俺は今、茶色い乾(かわ)いた土の上にいるよ！　雪なんてないよ！」

「フカ？」

「砂利(じゃり)の上に線路が何本も敷(し)いてある場所だ。ホラあれだ、操車場ってとこだ。ＳＪ３の序盤(じょばん)で見たヤツ。マップデータ、一緒(いっしょ)の使い回しだなこれ」

「レン？」

「ただの広い白いコンクリートだよ！　駐車場(ちゅうしゃじょう)か……、道路だよ！」

そんなアホな。

レンは思いましたが、言いませんでした。

全員、足元がバラバラです。同じ場所にいるはずなのに、これは有り得ません。

すると、導き出せる答えはただ一つ。

「それって——」

どんなに信じられない答えでも、集めた情報が正しければ結論も正しい。レンは結論を口にします。

「わたし達〝みんな違(ちが)う場所にいる〟ってことじゃん」

「そうだ」

エムがしっかりと答えました。

「転送時にバラバラになっている。——いや、〝された〟」

された？

レンが心の中で首を傾げたのと同時に、時間にして13時03分。

まるで謎が解けるのを見計らっていたかのように、目の前にメッセージが現れるのです。

白い空中に現れた黒く大きな文字は、そこにいるプレイヤーだけに読めるもの。

こう書いてありました。

『今回の特別ルール、さらに追加発表！

ゲームスタート時の配置を、チームメンバー全員、バラバラにしたよ！　まずは合流、精一杯頑張ってね。

なにせ百八十人いるので、それなりに近い場所に敵がいることがあるので要注意。

チームリーダーだけは、今までのルール通り、1キロメートル以上離しているのでよろしく。

なお、この霧はゆっくりと、本当にじわじわと、晴れていきます。

そして14時ちょうど、SJ開始1時間後には完全にクリアになりますから、心配しないでね。

ただし、そのときまで、コンパスは一切使えません。

さらに、チームメイトのヒットポイント残量も分かりません。死亡した場合だけ、×マークが名前の上に表示されますよ。

さらにさらに！　最初のサテライト・スキャンの13時10分より、霧が完全に晴れる14時まで、今は使えている通信アイテムの使用を制限します。

実際に合流して手で触れるまで、遠くにいる仲間との通信は不可能になります。

今のうちに、しっかりと作戦会議しておいた方がよろしくてよ？』

「は？」

レンが顎を落としましたが、このとき同じ行動をして同じ言葉を漏らしたプレイヤーが、百人以上いました。

あのクソスポンサー作家、またも肝心のルールを自分勝手にガッツリ弄ってきやがりました。しかも事前発表ナシ。ふざけんなボケ。

GGOでは、そして他のゲームにおいても、〝ゲーム中に転送されたらパーティーが分かれてしまう〟ということは有り得ます。先日のクエストもそうでしたし。

また、濃い霧が出るフィールドも、さして珍しくありません。

エネミーとの遭遇のハラハラドキドキ感を演出したり、おどろおどろしい雰囲気を醸し出したりするためのギミックです。

こういう霧はルール上必要なので、手持ちの便利アイテム――、例えば暗視装置、遠赤外線探知機、熱源探知装置などで見えるようになることはありません。

しかしまさか、それらをチームバトルロイヤルでやってくるとは。さらには、コンパス使用不可能で、出会うまで通信NGというオマケつき。

エムが、

「やっぱりそういうことか。全員しゃがんで、できるだけ音を立てるな。白い迷彩が可能なら、すぐにそうしろ。特にレン」

「わ、分かった……」

レンは、大好物のおやつを前にした犬のように高速で伏せると、左腕を操作してストレージから、くすんだ白色をベースに、ところどころを灰色に汚した雪中迷彩のポンチョを実体化、そして装備しました。

なにせレンは、赤茶けた砂漠フィールド以外では派手ですので、いろいろな迷彩柄のポンチョだけはたくさん持っています。

ピンクをやめればいい？　わたしに死ねというのかね？

地面に這いつくばっていたピンク色のカエルが、白と灰色の斑のカエルになりました。ちなみにシャーリーは、居場所を確認した直後に同じことをやっています。さすがスナイパー。

「すぐ近くに、それこそ100メートル以内に敵がいる可能性が高い」

エムの声が続きます。通信アイテム越しなので、目の前にいたらほとんど聞こえないほどの超小声でも、ちゃんと通じます。

「総員警戒を怠るな。耳を頼れ。こちらからは、できる限り音を立てるな」

そりゃそうか。100平方キロメートルに、最大百八十人がバラバラに配置されているんだもん。

ガンゲイル・オンライン公式の、そしてプレイヤーの最高峰を競うバトルロイヤル大会である《バレット・オブ・バレッツ》だって、同じ広さのフィールドに三十人なのに、なんという混雑具合じゃ！　で、どーするの、これ？

レンはいろいろなことを瞬時に思いましたが、エムの注意の邪魔にならないように言いませんでした。

「特殊ルールに今腹を立てても仕方がない。俺達は、どんな状況でもベストを尽くす。まずは、全員の合流だ。これは、武装スイッチも含めて、無事に合流できたチームが有利になるというルールだ。全員、サテライト・スキャン端末を取り出して、画面を隠して見ろ」

レンが言うとおりにします。画面を隠すのは、光って目立つからでしょう。

左手で持ったスマートフォンみたいなサテライト・スキャン端末を、右手の平でカバーしながら、マップを出しました。

今までのSJなら、マップの詳細が現れて、スタート地点の自分の場所だけは表示されるはずです。

そして地図は、出ました。

「あ？」

出ましたが、見えませんでした。

それは真っ白です。画面がバグったかのように真っ白です。買ったばかりのコピー用紙を貼り付けたかのようです。

そして、チームリーダーたる自分のいる場所は、いつものSJならしばらくは点として白く光っているハズですが——、
レンが目をこらすと、分かりにくいですが見えました。画面とは少し違う、濃い目の白で光る点が。

見えましたが、地図が見えない以上、それがどこかなど分かりません。

指をひらいたり閉じたり、拡大縮小を何度か繰り返しても、白い画面の中で光る白い点が一つあるだけです。

「分からない……」

レンが小声で呟いて、それはチームメイトも同じだったようで、

「こりゃ無理じゃ」

フカ次郎のぼやき節が耳に届きました。

「たぶんだけど――」

　ピトフーイの声が全員の耳に届きます。

「霧が晴れるまでは、全体マップは見られないんじゃないかしらね。レンちゃん、白く光っている点、リーダーポジションがあるわよね。それを最大限に拡大してみてくれる」

「了解」

　レンは言われたとおり、さっきはそこまでやっていないほどの拡大を繰り返しました。右手の指が、せわしなく動きます。そして、

「最大になった。特に変わらない」

　これ以上拡大できなくなっても、表示は白いままです。

「そしたら、周囲に気をつけながら、少し動いてみて。20メートルくらいでいいから」

「わ、分かった……」

　意図が分からないまま、レンはゆっくりと中腰になって、さささささ、っと高速で動いてみました。

　それはまるで、北海道にはいない、ペッタンコで大抵黒い、テカテカした、名前を出すのも憚られる虫のような動きでした。名前は出しません。

　レンに見えている白い地面が動いて、やがて白い破線が、車線の中央を示す線が見えました。やはり今自分は、高速道路のような、かなり幅の太い道の上にいるのです。

「あっ」

そして地図に変化が現れました。紙のように白かっただけのマップに、地図が出たのです。

それは道路のような線です。中央車線が描いてあるのが分かります。

「何が見えた？　端末の表示に変化は？」

「この目でも地図でも、太い道路の上だって分かったよ！」

「やっぱりね。オッケーレンちゃん、あんがとさん、そこで警戒待機。――みんな聞いて、このマップ、〝自分が見た部分は、自分の端末に表示される〟のよ。霧が濃いウチは足元近くらいしか見えないから、全然変化がないでしょうけどね」

ああ、なるほど！

再びべったり伏せたレンは、心の中で膝を打ちました。

それは、普通のプレイ中のマッピングと同じです。

例えば洞窟とか、地下都市とかに初めて入った場合、自分の視界で捉えた場所だけ、自動的に地図が作成されていくアレです。正確な言葉にすれば、地図は自動で描かれますので、〝オートマッピング〟。

テーブルトークRPGや、３Ｄ表示しかなかった昔のゲームのプレイヤーさん達は、これを方眼用紙に手描きで、すなわちマニュアルでやっていたそうです。それはそれで面白そう。

しかし、ＳＪでマッピングをやらされるとは、夢にも思っていませんでした。今までは、ゲーム開始直後に全てのマップが分かってきたのに。ＳＪ３の隠しラストフィールド、豪華客船だけは例外ですが。

「するとさ――」

クラレンスが発言。

「霧の中をあちこち動き回った方が、序盤は有利ってことだよね？」

「マッピングだけならね。ただ、さっきも言ったけど、霧が濃いウチは効率が悪すぎるし、何より敵との遭遇率も上がる」

ピトフーイ先生、即答です。クラレンス生徒、納得したようで、そりゃそうか、と短く返しました。

チームメイトと合流したら、どうなるんだろう？

レンの心を読んだのか、ピトフーイが、

「そして、誰かお仲間と無事に合流した瞬間、地図情報が統合されるはずよ。フィールドでも、向こうから来た人達がいたらマップの交換ができたでしょ？」

なるほど。なるほど。

レン納得。

「なあみんな……、今のオイラ達、まるで……、バナナだな……」

フカ次郎が、重苦しい口調で、意味ありげに呟きました。

そして言葉を続けます。

「分かるか？　その〝ココロ〟は――」

レンが、

「〝ごりむちゅう〟でしょ」

続けるのを許しませんでした。全員が黙りましたが、クラレンスだけはしばらく笑い声を立てていました。

レンは、左手首内側に装着した腕時計を見ました。

13時06分過ぎ。最初のサテライト・スキャンまで、4分を切りました。

SJにおいてスタート直後の10分間は、移動しないで作戦タイムのようなものですが、それも残り僅かです。

これは、どうすればいいんだ？

レンが悩みました。

サテライト・スキャンが始まれば、いつも通りリーダーの位置とチーム名は表示されるはず。そのことによって、自分と敵チームリーダーとの距離は分かります。

同時に、そのマークの偏りによって、〝自分がマップの、だいたいどのあたりにいるか〟も分かるでしょう。

例えば、自分より西側と南側にマークが一つもなければ、自分はマップの南西の角にいるのだと。

しかし、その後どうすればいいのか。

ＳＨＩＮＣの位置を把握してそこへ向かうことは、物理的に可能でしょう。しかしその途中に、散らばっている他のプレイヤーがいないワケはありません。

そもそも、リーダーの方角が分かっても、今はコンパスが使用不可ですから、少しずつ移動して地図を描きながら向かう必要もあります。

じゃあ、チーム合流を優先して、みんなに自分の所に来てもらう？

いえ、すぐには無理です。みんなは今、自分がどこにいるか分からないのですから。

これ以後、ある程度動いて地図に変化が出れば、自分の居場所もだいぶ分かるでしょうし、ジワジワゆっくりと集まれるかもしれませんが、その間に敵と遭遇する確率が上がりますし、そもそもその前に1時間が過ぎてしまいそうです。

通信アイテムが使えないのも、痛いです。

遠く離れていても会話さえできれば、いろいろ手段は取れるのに。そして心細くないのに。

あのスポンサーのクソ作家、面倒な困難ばっかりをよくぞ拵えてくれたものです。見つけたらケツか脳天かもしくは両方を撃ってやりたい。

「今のうちに、各個に作戦を伝えておく」

リーダーのレンを差し置いて、エムが言いました。

レンに反対する気持ちは皆無。本来、エムこそリーダーに相応しいのです。わたしなんて、ただ小さくて可愛くて、足が速くて、小さくて、そして可愛いだけの囮リーダーですよ。

「フカ」

「あいよ」

「とにかく隠れていろ。SJ3のときみたいな貨車があれば最高だ。安全な場所を見つけられたら、そこから一切動かなくていい。戦闘も無視しろ。偶然に誰かを発見しても、チームメイトかSHINC以外は全てやり過ごせ。運良く誰かと合流できた場合は、そのプレイヤーの支援に回ってもいいが、やはり無理に動く必要はない」

「言うと思ったぜ。了解。かくれんぼは、得意なんだぜ？」

なるほど。

レンもまた、納得しました。

フカ次郎のグレネード・ランチャーは、遠くに見える敵へ強力な破壊力を送り込める武器。遠くが見えないこの状況では、戦おうとするだけ無駄です。

持っているだけの拳銃は、何万発撃っても当たらないでしょうし——、いやひょっとしたら、拳銃の故障で弾がとんでもないところに飛んで、それで当たるかも。

何はさておき、フカ次郎は何もせずに、とにかく隠れているのが一番です。霧が晴れる1時間ずっと、安全な場所で昼寝をしていてもいいかもしれません。

「シャーリー」

「ああ」

「雪原だったな。スキーを出して存分に動き回れ。プレイヤーを見つけ次第、一撃で屠って逃げろ。ただ、味方を間違えて撃つなよ？」

「もう出しているよ。そしてそうさせてもらうが——、さあて、ピトフーイは味方に含まれるのかな？」

シャーリーが楽しそうにバナナはおやつに的な質問をして、エムは答えます。

「好きにしてくれ」

「りょーかい」

答えたシャーリー、絶対にニヤリと笑っているはずだ。白い霧の中で、白い歯を光らせているはずだ。

レンは思いましたが、言いませんでした。

「クラレンス」

「ほいほい」

「乾いた土なら、たぶん荒野フィールドだ。隠れにくい場所だ。霧が濃い内はできるだけゆっくりと移動して、見つけた敵は撃って構わないが、すぐに全力で逃げろ。ＡＲ—５７の射程以上に晴れてきたら不利だから、できれば別のフィールドに移動してから隠れるんだ」

「オッケー！　適当に楽しませてもらうよー。どうせ俺は、誰の荷物も運んでないしね。死んでも気は楽さ！」

「最後にレン」

　エムは、ピトフーイには何も言わないようです。言う必要がないからでしょう。放っておいても大丈夫な魔王ですから。

　むしろピトさんの近くにいる敵、早く逃げた方がいい。今ならまだ、間に合うかもしれない。

　いや、もう遅いかもしれない。

　レンはそんなことを思いながら、

「はーい」

　元気な返事をしてエムからの命令を待つのです。時間は13時09分20秒。

「霧が減るまで、武装をヴォーパル・バニーに変更。予備マガジンリュックに入れた防弾板が、背中を守ってくれる。スキャンを動かずに見て、表示が消えたらなるべく速く走り回れ。レンの速度とサイズなら、霧の中で遭遇しても簡単には撃たれないだろう。攻撃は、もし不意打ちができれば、やれ。無理なら逃げろ。攻撃したとしても、一撃だけだ。振り返らずに逃げろ」

「了解！」

　サテライト・スキャンまであと3秒。レンは作戦を全て理解しました。

自分の高速をもってして、両手にヴォーパル・バニーを持って、障害物だけに気をつけつつ、なるべく全速力で走る。

霧の中で敵を見つけて、撃てれば撃つ。無理に撃つ必要はない。明らかに当てられる場合のみ。そして逃げる。

霧が晴れてP90の有効射程——、だいたい200メートルが狙えるようになるまでは、拳銃で戦う。

エムは言いませんでしたが、これはマッピングも兼ねているに違いありません。情報は多い方がいい。

「時間だ。各員、幸運を祈る。生き残れ。——あとでまた会おう」

エムの言葉が聞こえて、その直後に時計が示したのは13時10分00秒。

最初のサテライト・スキャンが始まるのです。


宇宙空間を行く人工衛星が地表をスキャンして、そのデータを頂いている、という体のサテライト・スキャン。

人工衛星の軌道傾斜角、要するに来て去る方位によって、スキャンが始まるエリアは毎回違いますし、起動速度、要するにスピードによって、スキャン完了までの速度も毎回違います。

今回は真北から始まりました。真北から真南へと、ゆっくりと、ポツポツと白い点が増えていきました。

マップですが、レンはひたすらピンチイン——、つまり二本指を画面上で狭めたので、縮尺は最小になっている、つまりフィールドマップは全部収まっているはず。

現れた白い点を、伏せたままのレンが片っ端から触れて、表示された名前を確かめていきます。

ＳＨＩＮＣはどこだ？　そしてＬＰＦＭはどこだ？　地図のどのあたりにいる自分？

「ぐっ！」

レンのくぐもった悲鳴が漏れました。

マップの北西——、偏りからそうであろうと推定される場所にあった光点は、ＭＭＴＭと表示が出ました。

そしてその東側、必然的に北東の角——、であろう場所に光った光点には、

「みんな！」

ＳＨＩＮＣの文字が。それは、何度見てもＳＨＩＮＣでした。よく似た名前の別チームではありませんでした。

強豪は四隅に散らすセオリーなら、自分は地図の左下——、南西の位置か、それとも右下——、南東の角っこのはず。

「頼む近い右下でお願いしますガンゲイルの神様」

信心深くないレンが、こんな時だけ祈りました。よくよく『ガンゲイルの神様』に祈るレンですが、そんな神がいるのかは不明です。

地図の中央付近にポツポツと見える点、レンは一応触りましたが、心ここにあらずです。見たことがあるチーム名と、見たことがないチーム名が出ました。

そしてスキャンがとうとう下まで、南側までやって来て——、

「ぐっ！」

レンは、小さく悲鳴を漏らすのです。

ガンゲイルの神様はいない。レンは信じるのを止めました。とりあえず、今は止めました。

LPFMが表示された場所は、すなわち今自分がいるのは、マップの左下、南西の外れ。

SHINCとは対角線を挟んだ反対側。つまり、地図の上で一番遠い場所。

「ああ……」

SJ2のことを、レンは思い出しました。エルザの命を救うためにピトフーイを殺そうと誓ったあの日のあのゲーム。

スタート時——、彼女達はやっぱり、対角線上の外れ、一番遠くにいました。世を呪いました。

しかし、

「えいくそ！　やっちゃる！」

レンは、神様ではなく自分を信じることにしました。

SJ2でもそうでしたが、序盤のこんなところで腐っているヒマなどないのです。SJはまだ始まったばかり。これから、おおよそ2時間は続くバトルです。

バトルである以上、やるべきことは明々白々――、
つまり、自分を信じて戦うこと。

レンはサテライト・スキャン端末を胸ポケットにしまうと、素早く左手を操作。装備の一括変換を選び、押しました。

「あとでね、ピーちゃん」

体の脇でコンクリート舗装に横たわっていたP90が消えて、腰の左右のマガジンポーチが中身ごと消えて、

「よろしく、ヴォーちゃん達」

かわりに、伏せている目の前の路上に、光の粒子がサッと集まり、2丁のピンク色の自動式拳銃、《AM．45　バージョン・レン》愛称〝ヴォーパル・バニー〟の形が作られました。

両腿には2丁を納めるナイロン製の黒いホルスターが、背中には予備弾倉をたっぷり入れたバックパックが実体化と同時に装着されました。白色迷彩のポンチョが、自然と膨らみます。

レンはヴォーパル・バニーを両手に掴みながら立ち上がると、右手に握った1丁のリアサイ

トの出っ張りを、左手の1丁のリアサイトの出っ張りに引っかけて、スライドを引きました。

次に逆で同じことを。

じゃきんじゃきん！

金属音が立て続けに霧の中に響いて、これで、《．45ACP》拳銃弾がヴォーパル・バニーの薬室に装塡されました。

レンの視界右下に拳銃マークが2つ、その横に弾倉1つ分の弾数、〝6〟の数字が表示されました。

バックパックの中には、予備マガジンが40個、合計240発分あります。弾薬復活もあるので、割と遠慮なく撃ちまくれるはず。

「よし！」

レンは気合いと共に立ち上がろうとして、その瞬間に、銃声を聞きました。

突然の銃声と、弾丸が衝撃波と共に飛び去る音。そしてその後からやってくる、霧の中でもクッキリハッキリ見える、赤いバレット・ライン。

「ひっ！」

べったりと伏せたレンの頭の上を、弾丸とバレット・ラインが、右から左へと、箒で掃くように流れました。5．56クラスのライフルらしい、高音高速の連射。

立ち上がるのがあと0．5秒早かったら、レンは間違いなく撃たれていたでしょう。普通の身長のプレイヤーだったら、やっぱり撃たれていたでしょう。

レンがチビで、ギリギリ助かりました。

空気が牛乳になってしまったかのような霧の中に、マズル・フラッシュ――、すなわち発砲の炎がチラチラと見えました。バレット・ラインはそこから伸びています。

霧で見えませんが、そこに誰かがいるのは間違いありません。自分から見て、左斜め前、距離は20～30メートルくらい。

くそっ！　あいつ！　しとめる！

レンは、鍛えた敏捷性をフルに発揮した超高速匍匐前進を炸裂させました。レンにしかできない技です。

口に出せない虫のような動きで、視野の外になりそうな――、もし右利きの場合の、相手の左側への移動。

その間も敵は〝バースト射撃〟、つまりフルオート射撃を数発ずつ断続的に繰り返す撃ち方をしながら、移動せずに発砲を続けます。

銃声が、ずっと途切れません。

どうやら、かなり装弾数の多いマガジンを使っているようです。あるいは、ベルトリンク式のマシンガンか。どちらにせよ厄介です。

相手に、レンなどまったく見えていなかったでしょうが、ヴォーパル・バニーを派手に装填したときの金属音が聞かれてしまったに違いありません。

つまりは、要するに、レンのミスです。もう少し静かに装塡することだってできたんです。

己のミスは、己で取り返す！

心で気合いを入れながら、映像の早回しのような高速匍匐前進を4秒ほど続けて、レンは霧の中に初めて、道路以外の何かを見ました。

白い世界に、最初は黒い棒のようにぼんやりと、やがてクッキリと人間に見えてきた敵プレイヤーが一人。

濃い緑色の迷彩服を着た、誰だか知らない男。

チームメイトでもSHINCのメンバーでもない、すなわち――〝容赦なく撃ち殺していい誰かさん〟。

武装は、5.56ミリのアサルト・ライフル《M4A1》。樽を二つ横に並べたような、100連発のドラムマガジンを装着していました。それは長時間の連射ができる訳です。

今もバースト射撃を続ける彼の表情に浮かぶのは、間違いなく恐怖です。完全に顔が引きつっていました。

そりゃ怖いよなー。霧の中でたった一人でさ、すぐ近くから銃を装塡する音が聞こえたら。

レンは思いながら、完全に相手の後ろに回ったときに、ゆっくりと立ち上がりました。

立ち上がりながら周囲をサッと見て、見える範囲に他のプレイヤーがいないか、近寄ってきていないか、あるいはバレット・ラインが照射されていないか、しっかり確認することを忘れません。

レンがスルリと近づいて、彼のヘルメットの下の首筋に、斜め下からヴォーパル・バニー2丁の銃口を押しつけました。

同時に彼が100発を撃ち終えて、世界が急に静かになって、

「え？」

首筋に突然感じた冷たい金属に、彼が漏らした一言が、やけに大きく世界に響きました。

2発の銃声は、まったく同時に聞こえました。

レンは走り出しました。

これらの銃声で、人が集まってくるに違いありません。エムの言葉通り、躊躇なく全力ダッシュです。

撃った相手の【Dead】のタグは確認していませんが、45口径拳銃弾を脳に2発食らったのですから、生きてはいないでしょう。たぶん。

走っていますが、どっちに行けばいいかは分かりません。自分が10キロメートル四方のフィールドの南西端にいるのは分かっても、コンパスがないのです。

ええい！　ままよ！

悩んでいる時間で死んでは意味がありません。レンは、足元にある道路の中央線に沿って行くことにしました。平らで真っ直ぐな道です。

もしフィールド境界線にぶつかったら、そのときはそのとき。同時に、その境界線に沿って移動すれば、マップの端は進めるということになります。

そうしてマッピングをある程度して、8分後の二回目のスキャンで自分の位置と経路を確認いたしましょう。

これはリーダーだけに許された行為で、考えうる現状ではベストの作戦です。

しかし、怖い！

これだけ濃い霧の中を走るのは、目を瞑って走っているのと大して変わりません。

先ほどより少しだけ薄くなったかもしれませんが、やはり見えているのは足元の道だけで、それも数メートルといったところ。

道路上に車が停まっていたら、避けられる自信がありません。ブレーキをかけても激突間違いなし。

でも、体当たりで即死することは、ほとんどないはず。テストプレイで自殺するためにやったような、頭から頑丈な壁にわざと激突でもしない限りは。

怖いけど！　怖がるな！　わたしは走っているときが、一番被弾しない！　一番安全だ！

レンは足を止めませんでした。

コンバットブーツの分厚い底がコンクリートを蹴り飛ばし、ほんの少しだけ音を立てていきます。

次の瞬間――、

霧の中、進む先右側4メートルほどに、黒い棒のような影が浮かんだと思うと、人としての形を作り、そして音もなく通り過ぎていきました。

現れてから消えるまで、本当に一瞬の擦れ違いでしたが、レンにはしっかりと見えました。

日本帝国陸軍、あるいは旧陸軍の将校服を着た男です。

あれはたしか、未来に飛ばされた過去の兵士達、という脳内設定の歴史再現コスプレチーム、《ニュー・ソルジャーズ》の一員。腰に構えていた武装は《一〇〇式機関短銃》という歴史物のサブマシンガン。

濃い霧の中から突然時代がかった衣装の人が現れて消えると、ちょっと幽霊感がして怖いです。まるで、黒沢明監督の映画のようです。

相手にレンが見えたのかは、分かりません。

そのとき、彼は別の方向を向いていたようにも見えました。認識されたのなら撃たれてもおかしくないですが――、果たして、数秒経っても、背中からの発砲はありませんでした。迷彩ポンチョのおかげでしょうか。

「助かった……」

レンはぼそりと呟きながら走り続けました。

幸か不幸か、太い道路はまだまだ続きます。

路上に車は一台も——、今のところ、ありません。

この道は、どっちへ続いているのか。そもそも、どこかに続いているのか。

何も分からないまま、レンは足を止めませんでした。走りながらチラリと腕時計に視線を送り、13時15分。

そして前を向こうとして——、
黒い何かが見えた、と思った時にはそこに激突していました。


「きゃっ！」「きゃっ！」

甲高い悲鳴が、見事に被りました。

レンは悲鳴を上げながら悲鳴を聞いて、そして走っている時の勢いそのままに、ゴロゴロと道路を転がりました。

分かっていることは、二つだけ。

自分が誰かにぶつかってバランスを失い、さらに速度を失いながら転んでいる途中であること。相手が、声からして女性プレイヤーであること。

GGOでは転び慣れているレンですので、いつも通り両手を抱き寄せながら、首と足を畳んで回転が収まるのを待ちました。

六回と半分回転してから、バックパックの背中を道路に滑らせながら停止したレンは、

「っ！」

体のバネを利用して一瞬で起き上がりました。これくらいの回転では、レンの頭はピヨピヨしません。

そして、ぶつかった相手はもう霧の中で、シルエットすら見えず――、
どうする？

レンは悩みました。

腕時計から視線を戻す途中だったので、近づいて識別できたのは緑がかった服を着ていた下半身だけ。ぶつかったのが誰だったか、ハッキリ見えていません。

悲鳴から女性プレイヤーで間違いなく、しかしそれが、チームメイトの誰かなのか、それともSHINCの一員なのか、あるいはそうでないのか、まったく分かりませんでした。

ソプラノの澄んだ綺麗な声だったように聞こえたので、馴染みのあるフカ次郎、そして声が低めのピトフーイやボスではない気がするのですが――、シャーリーやクラレンス、そしてSHINCの他のメンバーではない保証はありません。

どうすればいい？　どうするのが正解？

味方なら話しかけるべきですが、敵なら撃つか逃げるかです。

味方なら、話しかけてくるはずですが、敵なら撃ってきます。

どうするどうする、どうすれば――、

レンが逡巡している僅か零コンマ何秒の間に、

「ねえ、レンちゃん」

相手が話しかけてきました。霧の中から。

っ！

またも、瞬時の判断が求められる事態となってしまいました。レンの頭が、さらなる回転を強いられました。

相手は、自分が誰だか分かっています。

それはまあ、ぶつかったときに見えていれば、SJ参加者中一番小さいナリと、ポンチョの下から見えたピンクのブーツや戦闘服で分かったでしょう。

ちなみにSJに、全身ピンクで出場しているチビプレイヤーはレン一人です。一人いれば十分です。

そして聞こえた声は、聞き馴染みのあるものではありませんでした。どうもチームメイトやSHINCの誰かではないようです。違う可能性の方が遥かに高いです。

しかし——、何回か聞いたことはある声でした。それも割と最近です。

じゃあ誰だ？　そしてわたしはどうすればいい？

逃げるべきか戦うべきか話すべきか、それが問題だ——。レンはハムレットっていました。三択でしたが。

今なら逃げられそうです。お互いが霧で見えませんし。

しかしGGOなら、ましてやSJなら、相手を屠るべきです。

今すぐ声がする方へ——、まだ霧が濃くて何も見えませんが、ヴォーパル・バニーをぶっ放しつつ突撃するべきです。

いや、それでは撃たれるな。相手がライフルなら撃ち負ける。じゃあ一発撃ってビビらせた瞬間に左右どちらかにG的な動きで回り込み後ろを取ってズドン。

でも、レンは、

「なあに？」

どちらも、しませんでした。

相手は話しかけてきた。そして、一度は聞いたことがある声である。

この事実だけで、一応の対話を求めたのです。しかし、同時にガバッと伏せることは忘れませんでした。

「今そっちに行くけど、撃ったら撃つわね」

「撃たないよ！　そっちが撃たない限り！」

「そうね。こんな序盤で、相打ち退場はゴメンよね」

どうやら、考えは一緒のようです。

今の霧の中で、相手が誰なのか確実に判別できるのは、数メートルといったところでしょう。その距離から互いが全力全開で撃ち合えば、かなりの確率で、相打ちの共倒れ、仲良くＳＪ終了でしょう。

それでもレンは、ヴォーパル・バニーを両手で構えながら待ちました。

伏せたまま、前に出した両腕の肘をやや曲げて、銃は少し内側に傾けた、ハの字スタイルでの保持。

しかし、引き金には指をかけません。バレット・ライン照射は、〝今から撃つぞ〟という意思表示になってしまいますから。

やがて、レンの視界の中で、白い霧から黒い人影が現れ、まるで溶ける映像を逆回しにしたかのように、詳細が分かってきました。

二十歳ほどの外見の、見目麗しい女性プレイヤー。

白い肌に赤毛のショートカット、その上にはニット帽。目につけているのは、オシャレなスポーツサングラスのような、いろいろな情報を目の前に表示してくれる便利アイテムのスマートグラス。

タイガーストライプの迷彩パンツを穿いて、上着はシンプルな黒いジャンパーと、やっぱりタイガーストライプのチェストリグ。

体の前に提げているのは、銃身を切り詰めたドラムマガジン装着のソビエト・ロシア製軽量機関銃――、《RPD》。右腰に、米軍制式採用の《M17》9ミリ口径自動式拳銃をホルスターで装備。

「あ……」

レンには、誰だか分かりました。そういえばこの人の声だったと、遅まきながら完全に理解しました。

彼女の名はビービー。

ZEMALに入った紅一点で、SJ4から参加。

フカ次郎とはALO時代の仲間――、というか別の妖精種族なので、敵だったプレイヤーです。

SJ4で、レン達は彼女が指揮するZEMALに追い詰められて、あわや全滅の危機に陥りました。

しかし、ピトフーイの発案を受け入れて、ファイヤとの勝負のために見逃してくれた人。

先日のファイブ・オーディールズでは、メカドラ退治のために一時的に共闘して、クリア後では酒場で少しだけお話ししました。犬をサクッと殺しちゃってクリア扱いにならず、酒場で自分達を待っていた人です。

　この時点でこんな場所にいるということは、ＺＥＭＡＬのリーダーは彼女ではないという証明ですが、驚くには値しません。ＳＪ４でもそうやって、優秀な遊撃隊を指揮していました。

「ごきげんよう。レンちゃん」

　ビービーがＲＰＤの銃口をこちらに向けてないのを見て、レンはヴォーパル・バニーを下げました。

　撃ってしまってもいいですし、むしろ撃つべきかもしれません。

　彼女はＺＥＭＡＬを、最初はかなりのお笑いチームだった連中をＳＪ４優勝まで導いてしまった名参謀です。

　ここでしっかりと撃ち殺しておくのが、ＳＪ５優勝には必要な行為で、その最大の、そして唯一のチャンスなのかもしれません。

　でも、

「どうも……」

　レンは撃ちませんでした。

　彼女が話しかけてきた理由があるはずで、それを知りたく、それが活用できるのなら活用したいからです。

　２メートルほど前まで来たビービーがスッとしゃがんで、レンも腹這いから身を起こして中腰になりました。伏せているより、すぐに移動しやすいからです。

この場所では銃声を立てていないので、周囲にいるかもしれない敵に、気付かれることはないはずですが、警戒は怠りません。

ビービーは、レンを左斜め前に見る形でしゃがみました。正面で向き合いません。そして左手の人差し指と中指で自分の両目を指す仕草をして、それを逆向きにしました。

なるほど。〝お互い背中を見張れ〟ということだね。

レンは理解して、ポンチョのフード越しにも分かるように大きく頷いて、言われた通りにしました。左前にビービーの綺麗な顔を収めつつ、周囲を警戒します。

ビービーがストレージを操作して、そして腕を振って、レンにウィンドウを送ってきました。直にアイテムの受け渡しができる、ギリギリの距離です。

レンだけに見える黒い窓が空中に浮かんで、そこに書いてあるのは、

【通信アイテム接続？　Y／N】

の文字。

なるほど。これで、かすかな声でやりとりができます。躊躇せず〝Y〟を押したレンの左耳に、小声で呟いたビービーの声がクッキリと届きます。

「大変なルールね。スポンサーの作家さんには、困ったものだわ」

「まったくだね」

「私には目的があるの。自分のチームを、〝気持ちよく撃ちまくったあとに〟優勝に導くって」

「なるほどー。大変だー」

レンは軽口で返しましたが、
彼女と連中なら、やっちゃうかもなあ。

心の中ではかなりドキドキしています。

やっぱりビービーは、ここで殺しておくべきか……？

いや、この期に及んでの謀殺は後味悪いか？

だが、それを知った仲間は〝よくやった〟と褒めてくれるだろう……。特にピトフーイ。

フカ次郎も、ゲームとしての勝利を人間としての有り様より優先するだろうから、まあ撃っちゃうだろうなあ。

いやだが、されども、しかし――。

思春期の若者のように、フラフラとお悩み中のレンの耳に、

「だから、14時まで手を組まない？」

ビービーからのお誘いが届きました。


時間は13時17分過ぎ。

「なるほど……。確かに、この状況なら一人よりは二人、二人よりはチーム。目が多い方が圧倒的に有利だね。でも――」

時計を確認しつつ、もちろん周囲に目を配りつつ、レンは思ったことを言いました。

ビービーの考えていることは、大変によく分かります。ＳＪ５で1時間生き残るために必要なのは、まさにこれです。

しかし、レンには確認しなければならないことがあります。

時間がないので、腹の探り合いをしている余裕はありません。単刀直入に訊ねるしかありません。

「わたしは、理由は不明だけど1億クレジットって大金がかかった賞金首。14時ちょうどに、後ろから撃たれない保証は？」

「ない。そっちが私を、13時59分に撃ってこない保証がないみたいに」

サッパリした答えは、はぐらかされるより好感が持てます。

「了解。もう一つ。わたし達は、盟友ＳＨＩＮＣと共闘の約束をしていた。この特殊ルールで、すぐにはできなくなったけれど、彼女達も言わばチームメイトで、わたしは彼女達のいる北東を目指している。進む方角が分かれば、だけど」

「いいわ。自分達のチームメイトと同じように、彼女達もまた味方として扱う。14時までは。でも――」

「でも？」

「別の場所で、何も知らないそれぞれの仲間が、それぞれの仲間を屠っていても、恨みっこなしで」

「……分かった。恨みっこ、なし」

そこまで確認したところで、レンは素朴な疑問をビービーにぶつけます。

「ZEMALのリーダーは、地図右下──、南東の外れにいたよね？　合流目指さなくて、いいの？」

「大丈夫。メンバー全員にはさっき指示を出しておいたから。リーダー以外は全員動くな。1時間じっと隠れていろって。リーダーだけは、〝グッドラック！〟って」

「なるほど」

フカ次郎と一緒ですね。火力があるチームは、霧の中では無理は禁物。隠れているのが一番です。

ただし、スキャンで位置だけが分かってしまうリーダーの誰かさんは、まあ幸運を。

「だから、あなたが仲間を捜すのにしばらく付き合えるわよ？　同時に少しでも、一人でいるプレイヤーを削れれば、上等」

ビービーの声を聞きながら、レンは腕時計を見ました。13時19分。スキャンまであと60秒。

悩んでいる暇などありません。

「諸々、了解した。じゃ、そういうことで。しばらくよろしく」

レンが答えると、ビービーは綺麗な顔で大人の微笑みを見せました。

「よろしくレンちゃん」

「あと、一つ、ずっと聞きたかったんだけど」

「何かしら？」

「わたしの親友フカ次郎とは、妖精の世界でどんなご関係で？」

ときに、13時19分50秒。

レンはビービーの答えを聞くのです。

「それを語るには、一晩必要かもね」

「スキャンを見よう」

「そうしましょ」

SECT.4

第四章　二人だけの戦い

第四章「二人だけの戦い」

13時20分、SJ5二回目のスキャンは、南から始まりました。

レンはしゃがんだまま、左手のヴォーパル・バニーをホルスターに戻し、携帯端末の画面を睨みます。

自分のいる場所が分かりました。さっきより1キロほど北にいます。

結構走ったと思ったんですが、正直あんまり、というかほとんど進んでいませんね。いろいろ時間も取られましたし。

そして、マップの様子も少し分かりました。

自分が走った分、道路の部分が描かれているのです。

それによると、やはり高速道路だった、片側六車線はある太い道が、南北に真っ直ぐ延びています。

それは、白い中でまだほんのちょっとだけですが、何も見えないよりはマシです。

この白いキャンバスで、己の足で地図を描ききってやる！ 的な楽しさもありそうですね。

ポジティブに考えれば。それに、それまでに死ななければ。

「あれ？」

よく見ると、自分がまだ行ってない、光点より上、今よりずっと北側の高速道路も、地図に描かれていますよ？

レンの驚き声をすぐに理解したのは、近くにいるビービー。彼女は自分のサテライト・スキャン端末を左手で持ちながら、

「私の方にも、レンちゃんの北上の軌跡が描かれているわよ。私は南下してきた。アイテム受け渡し可能な距離にいるだけで、敵だろうと味方だろうと、自動的にマップデータが統合されるみたいね」

「なるほど」

チームメイト同士でなくてもよかったんだ。じゃあ、死体でも可能かもしれない。

これを知れただけでも収穫です。さてビービーを撃ちましょうか？　いえ、もう少し待ちましょう。

北へ進むスキャンの結果を見ていきますが、あまり変化はありません。

まだ消えたチームはありません。それはそうでしょう。リーダーがもし偶発的戦闘で死んでいても、別の人にマークが繰り下がるだけですから。この短時間で六人がバラバラの場所で戦死、というのはさすがに運がなさ過ぎます。

そして、画面にはレンが一番知りたかった情報が表示されます。

SHINCのリーダーたるボスは、有り難いことに少し南西へ移動しています。つまり、レンの方へ向かってきてくれたようです。

「よし……」

これなら、次に取るべき行動は——、

「敵を警戒しつつ北東に移動ね。高速道路から外れましょう」

ビービーには、何も説明する必要がないですね。楽で助かります。

「レンちゃんに先頭を任せていいかしら？　私は30メートルくらい後ろを、拡大マップを見ながら付いていく。角度がずれたら、指示を出す」

なるほど、これなら霧の中でも、コンパスがなくても、北東へ向かえます。既に地図に表示されている高速道路が、南北の指針になるからです。この線を基準に右45度の角度で地図が描かれていけば、すなわち正解。

しかし、

「ビービーが、わたしを見失う恐れは？」

ゆっくりと見える距離が増えているとはいえ、そして声が繋がっているとはいえ、30メートルでは怪しくないでしょうか？

「大丈夫。これを使う」

ビービーがストレージから取り出したのは、直径2センチ、厚み1センチほどの円盤形のアイテムでした。

色は黒。さらに1センチくらいの高さがあるドーム型のプラスチックパーツが、上に付いています。

初めて見るアイテムですが、レンは知っています。これはマーカーライト。自分の位置や、通った道や、攻略を終えた部屋などを、点灯や点滅で示すときに使います。

そして大抵は、目立つようにストロボで——、強烈な光を点滅させて使います。光る間隔や発光時間、回数や光の強さは自由自在に設定できます。つまりは灯台。

「わたしに、ピカピカ光りながら行けと？」

確かに、強烈な光を発すれば、濃い霧の中でもかなり遠くから見えるでしょう。さっき撃ち倒した誰かのマズル・フラッシュみたいに。

でもそれでは、いるかもしれない、いや、確実に周囲にウヨウヨいる敵の目も引いてしまいます。一方的に撃たれてお終い。

「半分正解。これはＩＲ——、つまり赤外線の設定にしている。裸眼なら、見えない」

ビービーが、お礼をするように頭を下げました。

すると、さっきまで見えていなかったニット帽の頭頂部に、同じアイテムが付いているではありませんか。

チョコンと付いているので、ニット帽のアクセントにも見えました。もちろん光っているようには、全然見えません。

「私が、そしてチームメイトが付けているスマートグラス越しなら見えるのよ。まったく普段通りとは言えないけど、この霧でも100メートルくらいはね。さっき帽子を置いてみて確認してみた」

「なるほど……」

この霧の中では、ルール上、どんな視界向上アイテムや特殊スキルでも、景色やキャラクターは見えません。

ただし〝光〟であれば、可視光でも赤外線でも見えるという仕組み――、というか〝設定〟ですか。まあ、可視光のライトが見えるのに赤外線はダメでは、持っている人が嘆きますからね。

「頭に載せれば付くから」

ひょいと放り投げられて、レンが左手でキャッチ。雪中迷彩ポンチョのフードを被ったままの頭頂部に載せると、まるで頭に磁石でくっついたかのように安定しました。便利。

「じゃあ、お借りするけど……、わたしには、ZEMALの皆さんがいても分からない」

おいおい、便利眼鏡の予備はないのかよ？

フカ次郎なら直接口に出していたでしょうが、レンは少し奥ゆかしいので、間接的に聞きました。伝わるといいな。

「残念、スマートグラスの予備はないの。そのかわり、後ろから私が指示を出すわ」

伝わったようです。

もっとも本当に予備がないのか、それともビービーが嘘をついているのか、レンには分かりません。

「つまり、『来る奴を撃つな』って言われたらZEMAL。それ以外は、わたしが見つけて、自分で判断して対処しろ、ってことだね。わたしの味方かもしれないから……」

「そうね。よろしく」

こりゃわたしの方が大変だぞ。

タッグを組んではみたが、まったくもってイーブンの条件じゃないな……。先導者として、体よく使われているな……。

レンは気付いてしまいましたが、今さら同意を反故にするわけにもいかず、そしてひとりぼっち旅よりはかすかでも生存率が上がると判断。

「分かった。行こう」

さらには時間を無駄にもできないので、そう言うしかないのでした。

ビービー、恐ろしい子……。

レンは思いましたが、言いませんでした。

そのかわり、およそ一ヶ月前の、美優との会話を思い出すのです。

＊　＊　＊

8月29日、土曜日。

「ねえ美優──、あのビービーって人、どんな人？」

三日前にSJ4があって、さらに本日『西山田炎にフラれ記念・小比類巻香蓮慰め大カラオケ祭り（特別協賛及びスペシャルゲスト・神崎エルザ）』が終わって──、美優が、香蓮の人生初のデートを覗き見するためだけに、宿のことも考えずに北海道から飛んできた美優が、香蓮の部屋に泊まることになった夜のこと。

風呂上がりの全裸の上に香蓮のTシャツだけというセクシースタイルで、リビングの絨毯の上に胡座で座りながら、立て続けに三つめのカップアイスを食べている美優に、香蓮が訊ねました。

先日のSJ4で、ZEMALを完璧な優勝へと導いた、大変に優秀な女プレイヤー。

そのときの会話から、かつてALOのサラマンダー──、〝火妖精族〟の一人で、領地を隣接する種族のシルフだったフカ次郎とやり合ったことがあること、フカ次郎は、彼女にかなりの回数一方的にボコられたことがあること、までは分かっています。

美優が、アイスの空カップを三つ、テーブルに等間隔で並べました。

最後に、木べらのようなスプーンを一なめしてから空カップに放り投げ、ようやく香蓮(かれん)の質問に答えます。

どこか遠くを見る目で、

「アイツか……。ああ、知ってる」

美優(みゆ)は言の葉を紡(つむ)ぎ出(だ)しました。

「そりゃ知ってるよ。知ってることは知ってるよ」

「話せば長い。そう、古い話だ……」

「大げさな」

「知ってるか？　エースは、三つに分けられる」

「なんの話？」

美優(みゆ)は、アイスの空カップを、一つずつ指差しながら、

「強さを求めるヤツ……。プライドに生きるヤツ……。戦況(せんきょう)を読めるヤツ……。この三つだ」

「はあ……」

「アイツは――」

「あいつは？」

「全部だな」

「はあ……」

香蓮が真顔で、ハードボイルド顔の美優の言葉を聞きました。

『アイツか……』から『アイツは――』までは、某有名空戦コンバットゲームのライバルキャラクターの有名セリフの丸パクリなのですが、香蓮は知らなかったので反応できませんでした。無理もない。

スルーされた美優はそれをスルーして、

「まあ、ぶっちゃけかなりのプレイヤーだ。凄腕だ。わけても何が凄いかというと――」

やっと真面目な話が始まるようです。ここまで長かった。

「人の使い方が上手い」

「ああ、なるほど……。だから今回、マシンガンラバーズを、特性を生かして上手く〝操った〟――、というと言葉が悪いけど、〝指揮〟した」

「そうだ。まあ、ヤツはもともとソロでもかなり強いんだけどな。なかなかのパラメーター持ちってだけでなく、フルダイブ慣れしていて動きが淀みない。飛行も達者だった。これは噂だけど、いろいろなVRゲームをコンバートで渡り歩いているって話だな。長時間あっちの世界にいる人間だ。他のゲームでも〝ビービー〟って名前は轟いている。ちなみに由来は謎。誰が何度聞いても、教えてくれないらしい」

「ふむふむ」

「で、サラマンダーだったビービー――、外見は全然違う、ゴツい女闘士だったんだが、サラマン連中のパーティーでは名参謀として名を馳せていた。〝彼女に指揮されれば負けない〟ってくらいの名声があったな。味方キャラの武器、戦い方のみならず、性格まで理解して、ここでこうすればいいと的確な指示を出してくれるとか」

「なるほど」

「知識量も多かった。──ある日、シルフのパーティーとサラマンダーのパーティーが空中戦と相成った。ご存知の通りALOは空を飛べるからな。この空中戦ってのは地上戦より連携を取るのが難しくて、まあ普通はろくな援護もできずに一対一でガムシャラに戦うのが常なんだが、その日、シルフ組はフルボッコされた。一人も倒せずに、みーんな空中で炎になっちまった」

「〝炎〟？」

「ああ。ALOだと死ぬと1分間、意識があるまま〝リメインライト〟って炎になって留まるんだな。だから死んだ後でも戦況が分かる。死ぬ事を俗語で〝炎になる〟ってウチの界隈では言ってた。全ALOで通じるかは不明な」

「へー」

「ま、ALOに来るときのために覚えておいてくれや」

「覚えた。行かないけど」

「まあ、そんなこんなで大敗したシルフチーム、負けた理由反省会をしているうちに誰かが言ったんだよ。『あの戦い方は、第二次世界大戦中のドイツ軍の空中戦のそれに似ていた』って。どんなもんかっつーと、一人の後ろをもう一人が付かず離れずに飛んで、後方からの攻撃を必ずカバーするって戦術だ。そしてそれを、さらに二組で行う。つまり四人だな。これでほとんど死角がなくなり、背中からの奇襲攻撃など不可能になる。名前なんだったけな……。〝シュババババ〟とか、〝シュルルル〟とかそんなのだ。ドイツ語っぽいだろ?」

ぽいかはさておき、

「なるほど」

香蓮は感心しました。

「そのミリタリーマニア曰く、ALOのキャラの飛び方は、最近のジェット戦闘機より、二次大戦中のプロペラ機に似ているんだそうだ。恐らくあの女は、その手の空戦ゲームもかなりやっているんだろう、って話になって――、やがて勇ましい結論が出た。〝ビービーがいる編隊は相手にするな。地上で戦おう〟って」

「勇ましい?」

「負ける戦いは全力で避けるのも立派な戦術だぜ。とにかく、あの女には気をつけろってことだな」

「なるほど。そこまでチームを鍛え上げて指揮もしたビービーが凄いってことだね。よく分かった。気をつける」

香蓮が納得して、コップの麦茶を飲み干しました。

そんな香蓮を、真面目な瞳で見つめるフカ次郎が一人。

「ところで香蓮」

「なに？」

「我はトイレに行くぞ！　捜すな！　しばらく戻らん！」

「アイス食べ過ぎ！」

＊　＊　＊

SJ5開始、21分後のこと。

レンは霧の中を進んでいました。

一時間で完全に晴れるはずの霧ですが、先ほどから、あまり見えるようになった気がしません。晴れる速度が、予想していたのよりずっと遅いです。

このままのペースで、14時ちょうどに完全にクリアになる気がしません。

なので、途中で速度が増すか、それとも14時になったら残っていた霧が一気に晴れるか。性格の悪いスポンサーのクソ作家のことですで、たぶん後者でしょう。

レンが高速道路を斜めに進み出して間もなく、ぬかるんだ土の中央分離帯にぶつかりました。

高速道路は片側八車線もありました。中央分離帯も恐らく広いのでしょう。まだ霧で見えませんが、今歩いている中央分離帯が終わったら、さらにその先に反対車線が八車線あるのでしょう。

つまり、高速道路だけで、幅が200メートル以上と予想できます。まるで大河のよう。アメリカ合衆国の高速道路がモデルですので、日本のように高架ではなく、地面に延びています。

レンは、見えない敵の恐怖と闘いながら、ヴォーパル・バニーを両手に進みました。

振り向いてもまったく見えませんが、30メートル後ろからビービーが付いてきているはず。

レンはその〝チームメイト〟に、

「中央分離帯が終わった。これから反対車線に出る」

通信アイテム越しに状況報告をします。

「付いてきている。いい角度。そのまま道を渡り始めて」

マッピングされている地図を見ているビービー曰く、自分はちゃんと北東に進んでいるようです。

「了解」

レンは、周囲を窺いつつ、身を低くしながら進みます。

レンの足が、再びコンクリート舗装に載りました。速度は早足程度。見張るのは進む先とその左右。黒い影が見えたら誰かプレイヤー。それを敵か味方か見極めて対処する。延々と緊張を強いられる、かなりハードな状況です。とはいえ、泣き言は言っていられません。


レンが、八車線の三つ目を横切って、ほぼ中央に出たときでした。

それは突然現れました。

自分の右斜め後ろから、つまり視界の外だった場所から、聞こえてきたのは低いエンジン音。

そして、音は急激に大きくなりました。


「えっ？」

レンがそちらへと振り向いたときには、霧の中に黒い猛獣がいました。

幅2メートル、高さ1．7メートルほどの黒い塊。自分めがけて猛烈な速度で迫って来て、零コンマ数秒後に、それが自動車だと分かりました。

「ひっ！」

レンに車種は分かりませんが、ルーフの低いステーションワゴン車。

それが、霧の中でヌルリと形を作りながら、レンめがけて突っ込んで来るのです。

窓ガラスの反射で顔が分からない運転手は、別にレンを殺そうと思って走っていたのではないのでしょう。

この高速道路で、手に入れた車というアイテムで、できる限りの距離を早めに移動したかった、その一心だったのでしょう。

でも、濃霧の中の運転。もし人がいれば遠慮なく撥ねていこう、とは思っていたはず。

もっとも、白い迷彩ポンチョを着ているレンなど、相手にはまだ見えていないかもしれません。

精神の集中でゆっくりと流れる世界で、レンにはよく見えました。車が、もう数メートルまで迫っています。

両手にはヴォーパル・バニーが握られていますが、これを撃って運良く運転手をガラス越しに射貫いたとしても、車は止まりません。止まるわけがありません。

そして、右にも左にも、もはや避けられるタイミングではありません。

タイヤが大きく、車高の高いステーションワゴンですが、さすがにSJ2のハンヴィーのように伏せてやり過ごすのは無理でしょう。バックパックも背負っていますし。

あ、これ、死んだ。

レンは、自分が大リーグ選手のホームランボールのように軽々と吹っ飛ばされるのを、覚悟しました。

覚悟しつつ——、

でも死なない！　死ぬのは今じゃない！

　できる限り最後の抵抗をします。横も下もダメなら、最後に逃げられるのは、上だけ。

「たあっ！」

　気合いと共に炸裂する、レンの、瞬発力をフルに使った両脚大ジャンプ。

　レンの視界の中で、車が迫りながら沈んでいきました。実際には自分が跳んで、車が下へとくぐっていくのですが。

　足に当たらないで！

　レンは願いながら、精一杯両脚を畳みました。

　そして——、
　黒い獣は、足の下を、高速で通り抜けていきました。自分をさらに持ち上げる風を感じました。ポンチョの後ろがふわりと舞い上がりました。

　レンがジャンプの頂点から落下を始めて、同時に高速で身を捻って左へ顔を向けると、濃い霧の中に、黒い塊が消えていくところでした。

　着地をした瞬間には、もう見えなくなっていました。エンジン音が、遠ざかっていきました。


　危なかった……。

　レンは胸をなで下ろしましたが、それはちょっと早かったようです。

安堵する暇を与えてくれないほどすぐに、そして激しく聞こえてきたのは、急ブレーキでタイヤが立てる、甲高いスキール音。いわゆる〝キー！〟という悲鳴のような音。

それで分かりますが、どうやら、タイヤのロックを防ぐ、アンチロックブレーキシステム、いわゆるABSは壊れているようです。ボロい車だからしょうがないですね。

最終戦争後の未来の廃墟世界なのに、なんでその辺に放置してある車のエンジンがかかってタイヤの空気圧が残っていて走らせられるのかというツッコミは、GGOプレイヤーは全員、スルースキルを身につけています。

「なにごと？」

着地したレンに届いたビービーの落ち着いた声に、レンは素直に大声で答えます。

「車に撥ねられそうになった！　ジャンプで躱したけど、止まったみたい！」

なぜ止まったのか、レンには理解できませんでしたが、

「ああ、足のピンクを見られたのね。――懸賞首さん」

今理解しました。大変によく、理解できました。

「うぐっ！　クソっ！」

あの大金ですからね。

運転手も、チラリと見えたピンクの足でレンだと気付けば、それは止まるでしょう。

仲間との合流？　そんなのは後回しだ。まずは大金だ。あれだけあれば半年は遊んで暮らせ

る——、と思ったかは分かりませんが。

「すぐに引き返してくるわよ。轢き殺しにかかるはず」

「ぐっ！」

「手榴弾、持ってない？」

「ない！」

SJ1のときはプラズマ・グレネードを2発持っていたレン、SJ2以降、有効性と誘爆の危険性を天秤にかけて、持ったり持たなかったり。

今回はヴォーパル・バニーの重量分があるので、置いてきてしまいました。

持っていれば、自分の目の前に放り投げることでなんとかなったかもしれませんが、時既に遅し。

「拳銃を両手で撃ちながら、全力後進で南に逃げて」

「それでどうなるの？」

「いいから」

またもビービーにいいように使われている感がありますが、ここは従うことにしました。フカ次郎が認める優秀なヤツなら、何か策があるはず。たぶん。おそらく。なかったら許さん。

「分かった！」

えいくそ。

レンは両手のヴォーパル・バニーの安全装置を再確認し、グリップをしっかり握りました。

先日のファイブ・オーディールズでは握りすぎて安全装置をかけてしまうというミスをして、それで結果的に助かりましたが、そんな幸運はそうそう続かないはず。

車が去った北側から、獣の唸り声が聞こえました。エンジン音が高まったのです。こっちに向かって突っ込んで来るのは、もはや待ったなし。

レンはバックステップから、走り始めました。

後ろに向けての、全力疾走。もちろん普通の疾走よりは遅いですが、素で速いレンですので、バックダッシュも相当の速度です。映像逆回しのようなコミカルな絵になります。

でも――、

わたしがどんなに速くても、車に勝てるわけないよなあ……。

霧の向こうでうっすらと影を見せた獣には、絶対に勝てません。

ビービーの腹積もりは分かりませんが、レンはヴォーパル・バニーを撃ち始めました。右手左手の順番で、全力後退しながらの乱れ撃ち。

あまり拳銃射撃が上手くないレンですが、相手が大きいので、たぶん当たっています。火花が散ったのも見えました。

しかし、それでやられる獣ではないでしょう。

運転手は、バレット・ラインによって撃たれていることに気付いています。たぶん、体をできるだけ前に倒して避けているでしょう。

ヴォーパル・バニーの45口径拳銃弾を数発食らって、エンジンがすぐに止まるとも思えません。運良くタイヤに当たっても、一つ二つのパンクなら勢いで走ってしまいます。

とうとう、レンの目の前で、車がその顔を、クッキリと覗かせました。霧から、ぬわっと出てきました。

フロントガラスには蜘蛛の巣がありますが、運転手の手はしっかりと見えています。誰かは分かりません。

そしてさらに、後部座席の左右窓からも、アサルト・ライフルの銃口が出ているのが分かりました。

さっきは分かりませんでしたが、あの車、なんと三人も乗っているのです。そして、その銃が火を噴き始めました。

車の進む先ではなく、少し左右に角度を付けてのフルオート射撃。レンが左右に逃げると、その火線に捕まるという寸法。

あー、こりゃだめだ、また上に逃げるか……。でも、さっきもかなりギリギリだった。果たして、バックで走りながら、上手くいくかな……?

レンが若干の弱気を見せたとき――、
その車が火線と火花に包まれました。

車両の右側、レンにとっては左側。そこに吸い込まれていく火線と、生まれる火花。そして割れていくガラス。

左側から放たれたバレット・ラインと曳光弾の作る光のシャワーが、車を派手に包んでいきました。火花が車の右側を覆うように輝きました。

それが1秒、2秒、3秒続いて、そして車がぐらりと揺れて、同時に後部座席からの銃撃が止みました。

後退しているレンの右側へと車は急ハンドルを切って、後輪を滑らせてスキール音を立てます。

やがて霧に包まれて視界から消えて――、
銃声とは違う、ものすごい音がしました。

どんがらバキぐおがっしゃん！　という複雑に絡み合った破壊音。

たぶんですが、車がひっくり返ったのでしょう。交通事故の発生です。

レンが足を止めると、

「レンちゃん、無事？」

ビービーの声がしました。

「無事。――今の、ビービーの？」

「そう。囮役ご苦労様。おかげでバレット・ラインや火花が見えて、車が狙いやすかった」

「なるほど……」

霧の中を駆け寄ったビービーが、車へと連射してくれたのです。助けてくれたのです。

ビービーの愛銃は、ＲＰＤという軽機関銃。

〝軽〟と言われても、軽いのはその重量だけで、それだって〝機関銃にしては〟というだけのこと。弾薬混みで8キロ以上はあります。よくあるアサルト・ライフルの倍を超える重さ。

発砲するのはソビエト・ロシア製７．６２×３９ミリ弾という、ＡＫ４７シリーズにも使われるライフル弾です。普通の車のドアなど、紙のようにスパスパと抜いていきます。

その秒間10発連射を右側面にモロに食らえば、たまったものではないでしょう。ＲＰＤのドラムマガジンの中には、ベルトリンクで繋がった弾薬が１００発まで入ります。

都合3秒ほど撃たれたので、運転手も後部座席の二人も、体に相当食らったはず。

「たぶん生きてないと思うけど、確認できる？」

「了解」

またも危険な役目ですが、命の恩人には義理を通します。

レンはヴォーパル・バニーを目の前に構えたまま、霧の中をゆっくりと、大きな音がした方へと進みました。

すぐに見えてきました。路面と路肩の間ぐらいで、完全にひっくり返っている車。タイヤが空を向いていました。

レンに車種は分かりません。これは車、以上。

もしここにエムがいたら、それがスバルの《アウトバック・ウィルダネス》という名前の、オフロードに強いステーションワゴンだと分かったことでしょう。

そのアウトバック、窓ガラスを全て失い、右サイドは銃弾で穿たれた穴だらけ、トップもベコベコの哀れな姿です。よく見ると、タイヤも一つ、完全に吹っ飛んでいますね。設計者が泣きそうです。

そしてレンに、乗っていた三人の生死はすぐに分かりました。

しゃがんで車内を確認しなくても、一目瞭然でした。霧の中でもクッキリ輝く【Dead】のタグが、車の外にあったからです。

車の派手な横転で、プレイヤーの体は放り出されて、道路上に転がっていたのです。シートベルトを締めないと、ヴァーチャル世界でもリアルワールドでも、こういうことになってしまいます。

「確認。全員死んでいて――」

レンが、その背格好を確認して、

「誰も仲間じゃない」

そして安心しました。

もちろん、二度目の体当たりの時点でレンのチームメイトでもＳＨＩＮＣでも、そしてビービーが容赦なく撃ったことでＺＥＭＡＬでもないことは分かりましたが、念のためにしっかりと再確認。

体のあちこちに赤い被弾エフェクトを光らせている三人は全員男で、一人は赤茶の迷彩服。ＳＪ２でドームの中で結託していたチームのメンバーです。

一人は米軍のタイガーストライプ迷彩を着て、ベトナム戦争を再現した装備を身につけています。ＮＳＳの一員ですね。

最後は、ＳＦチックなつなぎのボディスーツにプロテクターを貼り付けた、映像でも見たことないプレイヤー。

分かりやすいほど同一チームではないので、呉越同舟――、レンと同じように霧の中で出会って組んだ面々。しかし、これにて仲良く、ＳＪ５からは退場と相成りました。

戦果を確認したレンが立ち去ろうとすると、

「誰か、手榴弾をぶら下げていない？」

ビービーのそんな声が左耳に届きます。

レンは、死体を凝視しました。

タイガーストライプ迷彩の男の腰のマガジンポーチ左右に、ベトナム戦争時代に米軍が使っていた《Ｍ２６Ａ１》手榴弾が数個収まっています。さすがはコスプレチーム。武器までしっかり時代に合わせてきます。

「それをできるだけ死体の下に差し込んで、ピンを抜いておける？」

「あるけど」

「……なるほど」

　レンは手早く、言われたことを始めました。ビービーの作戦が読めたからです。

　10分弱後にこれらの死体は、フィールドから消えます。

　その際に、レンが触った手榴弾は〝鹵獲品〟の扱いになるので、消えずにこのフィールドに残ります。

　すると、安全ピンが抜かれている手榴弾は、死体で押さえつけられていたレバーが外れて、およそ3〜4秒後に爆発します。

　それでタイミング良く誰かがダメージを受けることなど、まずないでしょうけど、霧の中で突然連続する爆発音は、近くにいる人をビビらせるに十分でしょう。

　えげつないこと、思いつくなあ……。

　レンは感心して呆れながら、テキパキと作業をこなしました。手榴弾を使ったトラップは得意です。昔よくやりました。主にPKで相手をビックリさせるのに使いました。あの当時のわたしはちょっとアレだった。いや、だいぶアレだった。

　作業をあっと言う間に終えると、レンは急いでその場から立ち去りました。

　派手な戦闘音は、絶対に誰かに聞かれているはずです。さすれば敵が寄ってくるか、それとも霧の中で死にたくないから逃げるかのどっちかです。

後者でありますように。

レンは願いながら、ヴォーパル・バニーを握り直して歩き出します。

数秒ほど、誰かが襲ってこないか耳をすませ目をこらしましたが、

「ひとまず、次はないようね」

ビービーが先に結論を出し、ホッと一息を、僅かの間だけつきました。

レンは、それでも警戒を解かずに高速道路を横切りながら、

「一つ、質問いい？」

ビービーに訊ねます。どうしても聞いておきたいことがあるからです。

「何かしら？」

「なんで、こんなに準備がよかったの？　ＩＲストロボなんて、普通は用意しない」

レンには甚だ疑問です。

開催時間的に夜間戦闘は有り得ないＳＪで、赤外線ライトが何に必要だったのでしょう？

洞窟などの閉鎖空間は有り得たでしょうが、真っ暗にすると夜間装備がないプレイヤーは一切遊べなくなるので、〝暗いけど見えないほどではない〟くらいにするのがフィールドのセオリー。

ＳＪでは、必要のない装備は置いてくるのが鉄則です。１グラムでもストレージを軽くすれ

ば、別のものが持てますから。

「あら？」

ビービーが本気で驚いていたので、レンも驚きました。

「〝あら〟？」

「ついこの前、ファイブ・オーディールズ中にあなた達が教えてくれたじゃない。あのスポンサー作家は、己の小説の状況をゲーム中に再現しているって」

確かに、そんな事もありました。

「じゃあ……、全部読んだの？　たくさんあるのを？」

「ええ。そうしたら、家出した主人公が深い霧の中で動けなくなって、自分の自転車に話しかけ続ける、やがては自転車が返事をし始める、でも最後は全部主人公の妄想だったと分かる──、そんな短編があったの。タイトルは『キリの旅』」

読んでないから知らなかったよ……。あと、タイトルが、比較的マトモだな。

レンは思いました。

「だから、深い霧の中でのバトルがあるだろうと、用意しておいたの」

「なるほど……。大変よく分かりました……」

後悔してもしょうがないことですが、ＳＪ１で優勝した直後に届いたサイン本の山、読んでおけばいろいろ有利だったかなあと。後悔しても遅いのですが。

それと――、

レンは再び思いました。

ナニモンだよ、ビービー。

高速道路を北東に外れると、そこは住宅地でした。

舗装を外れて何もない土だけの空間を30メートルほど行くと、そこからは、平らな住宅地が広がっていました。境界に柵などはありませんでした。

今も濃い霧のせいで、どこまで続いているのかは分かりませんが。

等間隔で並ぶのは、アメリカならではの、広い庭を道路側に配置したガレージ付きの邸宅。日本人の感覚だと邸宅に見えるかもしれませんが、米国ではごく普通の大きさなのかもしれません。

でも、大きな車が数台入るであろうガレージや、広々とした庭や、家庭用プールがある家はやっぱり日本じゃ普通じゃないのです。

土地がたっぷりあるので、二階建てにする必要がありません。平屋がほとんどです。

家と道の間、かつては芝生があったであろう大地は、乾いた土になっています。そこに草はありません。

大きな家々は外見がボロボロで、木材を使った屋根や壁は朽ちかけています。ガラス窓やドアは残っていたり割れていたり。半分崩れかけているものや、完全に潰れているものもあります。

もちろんここはGGO、新築のピカピカがある方がおかしいです。あったらそれは罠ですね。近寄らない方がいい。

家という構造物があるので、霧の濃度が、先ほどよりはよく分かりました。クッキリと詳細が見えるのは、20メートルくらいの範囲。

それより遠いと一気にぼやけますが、30～40メートルくらいの距離でしょうか、黒い影が大きく浮かぶことで、そこに家があるかないかは分かります。

レンは、歩きやすい道路の上を、偶然でしょうが北東に延びている道の中央を、中腰で進みました。

道幅が広く家々が離れているので、もし、建物の中に誰かが潜んで見張っていても、自分はハッキリ見えないと踏んでのこと。

一歩進むごとに耳をすませましたが、物音一つしません。

霧の中に音もなく浮かんでは流れて消えていく家の影は、廃墟感もない交ぜになり不気味でした。ホラー映画のようでした。

怖いなあ。ああ、怖い。そして、怖い。

もしビービーが聞いていなければ、気持ちを紛らわすために、泣き言の一つや十個くらいは呟いていたでしょう。

レンは、ヴォーパル・バニーからP90に戻すか戻さないか一瞬悩みましたが、ひとまず止めておきました。

火力的にはP90の方が上ですが、背中のバックパックに入った防弾板が、見えない場所からの弾を防いで、命を救うかもしれないからです。

長く感じましたが、時間にして僅か1分ほど。

幸いにも撃たれることもなく静かに道を進んだレンは、住宅地の中にある丁字の交差点に出ました。

道路が、90度ずつ左右に分かれています。その左側の角に、錆びて朽ちかけている、一台の運送トラック。

目の前には、ひときわ大きな家の黒い影が、まるで通せんぼをするように静かに佇んでいました。

レンは、ビービーに問いかけます。

「道が綺麗に左右に分かれてる。どっちかを行く？　それとも、真っ直ぐ進んで、目の前にある大きな家の脇を通る？」

角度はズレますが、道を行った方が、赤外線ストロボとスマートグラスでレンの位置は把握しやすいはずです。もちろん移動も楽です。

真っ直ぐ行くとSHINCへの近道ですが、家の中はもちろん、脇を通るだけで陰になってしまい、ビービーがレンを見失う可能性があります。

レンは答えを待ちました。

ここは、名参謀ビービーの作戦に、素直に従いましょう。ええ、それがいい。いいに決まってる。

数秒待ちましたが、返事はありませんでした。

「ビービー?」

返事はありません。

「ビービー?」

返事はありません。

ぞわ……。

ぞわぞわ……。

レンの背筋に、ヴァーチャルな寒気が走りました。

まさか……、わたし……、置いていかれた?

と思いましたがよく考えれば、ビービーにそんなことをするメリットはありません。

なにせ、マーカーライトもレンに預けたままです。回収しないと、ZEMALの仲間が混乱します。

だとすると、考えられる可能性は一つ。

〝彼女は今、喋れない状況である〟ということ。

そしてその理由は、敵がごくごく近くにいること以外考えられません。

ぞわぞわ。

レンはすぐにその場から離れます。名前の言えない虫のような動きを再びやらかして、隠れたのは道の左側で錆びていたトラックの陰。

ビービーが喋れなくても、通信アイテムの声は耳にしか届かないはず。

レンは、それでもできる限り声を小さくして、

「今、隠れた」

彼女にそう伝えました。

そして耳に届く、

「まったく！　やってられるかってんだ！」

誰かの大声。

ひっ！

悲鳴が漏れてしまうところでした。

声は男ので、しかもかなり近くでした。自分がさっきまで歩いていた道のあたりから、肉声

として届きました。

霧の向こうに、それも大して遠くない距離に誰かがいるのは間違いありません。そして、その為に、ビービーが喋れないのも。あの声の主は、隠れたビービーの脇を、追い抜くようにやってきたのでしょう。

レンはトラックの陰でさらに縮こまりながら、さっきまで自分がいた方を見遣りました。そして、霧の中に浮かび上がった人影を見つけました。

距離は20メートルと少し。早足で行く男が近づいてきて、人影は、すぐに人になりました。

あれは——、T—Sのプロテクター男！

詳細が分かって、レンが心の中で驚きました。

今、18メートル先を、

「なんだよこのふざけたルールはよ！　クソ作家が！　やってられるか！」

かなりの大声で悪態をつきながら歩いているのは、全身をプロテクターで覆ったSF兵士です。なぜかは分かりませんが、銃は手にしていません。背負ってもいません。

彼等のチーム名はT—S。なかなかにユニークな戦歴の持ち主。

初参加のSJ2では、魔王ピトフーイとの死闘の末に疲労困憊のレンとフカ次郎を、遠方からサクッと撃ち殺して漁夫の利的優勝をしました。

SJ3では、裏切り者チーム選抜のエルビン以外は、海面上昇に捕まって隠れたビルの屋上から動けず、豪華客船が助けにきたと思ったら体当たりされてビルごと水死させられました。やったのはピトフーイ。

SJ4では、防御力の強さでそこそこ生き残り、一時的とはいえ、レン達と協力プレイもしました。その前のテストプレイでも。

文字通り表情の分からない人達ですが、レンの記憶の中では、SJには慣れている、それなりに戦えるチームだったはず。

「アホ！　クソ！　ボケ！　出てこいスポンサー！　おらあ！」

口汚く罵りながら、周囲に〝俺はここにいるぞ〟と喧伝しながら、銃を持たず、まるでゲームを完全に放棄したように進んでいく様子は、どうにも違和感を覚えます。

しかし、相手がまったく気付いていない今、すぐ目の前を、およそ10メートル先を通り抜けるのは、仕留める最大のチャンスでもあります。

T－Sの全身プロテクターの防御力はかなりのものですが、前にピトフーイが言っていました。鎧である以上、体を動かすために柔らかい部分は必ずあると。

それは腋の下、膝の裏や肘の内側、そして首回り、喉回りだと。

そこにヴォーパル・バニーの銃口を押しつけて同時にぶっ放せば、十分なダメージを与えられそうです。

目の前を通り過ぎたら後ろからコソッと近づき、両膝の後ろに1発ずつ。倒れたら首筋に銃口を突っ込んで1発ずつ。必要ならもっと。

いけそうです。やれそうです。殺れそうです。

レンは、暗殺的PKは得意です。GGOの初期は、そればっかりやっていましたから。とんでもない奴です。

殺れるなら、殺れるときに、殺っておこう。

レンの心の中で、剣呑な俳句が炸裂しました。なお季語はありません。

「T─Sが一人、大声を出しながら、近づいて来た……」

すっかり殺る気を高めたレンが、超小声でビービーに報告して、

「それは罠」

すぐに返事が来ました。


「音を立てずに、ずっと動かずにいて。全員、やり過ごして」

ビービーの言葉に、
全員？

レンは、一瞬心の中で首を傾げました。一瞬だけでした。

トラックの陰で、レンはポンチョの下にピンクの足元を隠し入れて、車体の下に潜り込むように隠れました。

現状では完璧に隠れた——、ハズです。これで見つかったら、すぐに撃ちまくるしかありません。

気配を消すために、レンは自分がトラックの一部だと思いました。

これぞ、狩人が木などに自分を一体化させて動物を欺く〝木化け〟の極意——、のようなもの。たぶん。

「まったくよ！　くそ！　なんだよ！　このデカい住宅地はよ！　お前等、揃いも揃って金持ちかよ！　羨ましい！」

10メートルくらい前を、素直な気持ちを叫びながら進むT—Sを、レンは息を潜めて見送りました。

チーム内識別のための06の番号をつけた彼は、ドカドカと歩きながら、丁字の交差点へと入り、

「くそ！　道は終わりかよ！　どっちだよ！　——しゃあねえ、右へ行くか！　右だクソ！　俺は右利きだからな！　右が好きだ！」

その大声で、レンは理解の裏を取れました。

今進んで行くT—Sのメンバーには、SJ5開始後に出会って手を組んだ別チームの仲間がいるのです。そして、霧の中で、後ろから付いてきているのです。

騒がしくしている彼はすぐに見つかります。そして誰かに撃たれたら、その仲間が一気に襲

いかかる作戦。

T—Sの防御力をフル活用している、なかなかの思いつきです。

T—Sが銃を手に持っていないのは、自棄を起こしている演出と、反撃できないと思わせる為と、たぶん一番重要な理由は、撃たれて破損するのを避けてのことでしょう。

大声で叫ぶ内容がなくなるので、ルールへの文句をぶちまけている体で発言しているのでしょう。

それも段々言うことがなくなったので、豪邸がどうの、金持ちがこうのと叫んでいるのです。

ついでに、後ろにいる仲間達——、恐らく通信アイテムを繋いでいる連中に、状況を知らせる言葉も。

やっぱり来た……。

レンは身じろぎ一つせず、自分はトラックの部品の一つになったのだと思いこみながら、地面とポンチョの隙間から見える世界で、やってくる二人のプレイヤーを見るのです。

T—Sに続いて道を、しっかり警戒しながら進んできたのは、茶色の砂漠迷彩の戦闘服を着た背の高い男と、ジーンズに革ジャンという西部劇のガンマンのような風体のゴツい男。

二人は、太い道路の中央を10メートル間隔で横に並び、敵の動きを耳で察するために、足音を立てないように慎重に進みます。

当然ですが、それぞれが愛銃を利き腕であろう右の脇下に抱えて、視線と共に左右に振っています。人差し指は、バレット・ライン発生を防ぐために、そして基本的な安全のために伸びていますが、もし何か見つけたら、即座に構えて撃つ臨戦態勢。

道路の右側、レンにとっては遠い方を行く砂漠迷彩の男の得物は、ガッチガチにカスタムした《ＡＫＭ》アサルト・ライフル。

サプレッサーを装着して、ストックやグリップをオリジナルから変えて、照準器やライトなどのいろいろなアクセサリーを装着。

結果的に体積が一・五倍、重さが二倍ぐらいになっているのではないかと思えるほどの、デコ盛りカスタムです。さぞかし名のあるガンマニアと見受けられるが如何に。

手前で近づく西部劇男は、時代がかった服装と全然マッチしていない、直線基調の近未来デザインをしたＨ＆Ｋ社製の《ＵＭＰ４５》サブマシンガン。こちらはノーマルですが、銃口先にはやはり、レンコンのように太いサプレッサー装備。

二人とも銃声を抑制しようとしているのは、Ｔ―Ｓという囮に引っかかった奴を音もなく仕留めて、次の獲物を探すためでしょう。

殺る気満々のあの二人と、拳銃だけの今のレンが撃ち合ったら、間違いなく一瞬で負けます。もしレンが、ビービーの言葉を聞かずにＴ―Ｓに手を出していたら、直後にフルボッコにされていたことでしょう。

危険がデンジャラスに危なかった……。

トラックの一部になったレンが、脳内に重ね言葉を思いながら静かに二人の男を見つめます。

さすがに周囲をいちいち調べていられないようで、二人はT―Sという囮に引っかかった奴だけを仕留めるつもりです。囮から離れないように、見失わないように進みます。

わたしはトラックだ。トラックの一部なのだ。どう見てもトラックの一部でしょう。わたしを見ても、無駄弾を撃つ必要はないのですよ。

静かに心で唱えるレンの前から、

「金持ちは豪邸から出て行けー！　クソルール断固粉砕！　スポンサーはー！　SJのルールを守れー！」

やがてT―Sの変なシュプレヒコールの声は小さくなり、殺意だけを纏っていた男二人も、濃い霧の中に、ゴーストのように消えていきました。

「二人、去った……」

レンが小声で言って、

「それはよかった」

ビービーからのホンワカとした返事が、両耳に届きました。

「え？」

レンが、ゆっくりと身を起こすと、ビービーはすぐ近くにいました。5メートルほど離れた道の上で、中腰の姿勢。

あの二人を、霧で見えないギリギリの距離でコッソリ追跡していて、さらにレンに気付かれないように接近していたのです。

ＲＰＤ軽機関銃はストレージにしまい込んでいるようで、見えません。そのかわり、手にはＭ１７拳銃を持っています。しかも銃身の先端に、円筒形のサプレッサー装着。

「あの二人を……、静かに屠るつもりだった……？」

レンが驚きつつ聞いて、

「もしレンちゃんがレンちゃんだとバレていたら、ね」

「なるほど……」

賞金首のレンを見つけていたら、あの二人はのべつ幕なしに銃声を立てまくって攻撃し、たぶんまあ、いえ間違いなく、レンは死んでいたでしょう。三回は死ねそうな量の銃弾を全身に食らっていたでしょう。

その攻撃の隙に、ビービーは後ろから近づいて、拳銃でコッソリ静かに二人を屠ろうとしていたわけです。レンを守るのは、最初から無視して。

静かに、しかし着実に、先の手を準備してくるビービーに、レンは感服しかできません。

ピトフーイも、もちろん先が読める優れたプレイヤーですが、あの人には、破壊衝動的なラフさがあります。時々とんでもないことを楽しくやらかします。それも彼女の強さのうちだとは思うのですが。

一方ビービーの場合は――、徹頭徹尾冷静な、詰め将棋的な、知性的なクールさがあります。自分やチームメイトが、絶対に不要なダメージを食らわない戦い方をします。ファイブ・オーディールズのときもそうでした。

なるほど……。フカが感心するわけだ。

「なるほど……。フカが感心するわけだ」

レンの心の声が、声に出てしまいました。

ビービーがスマートグラスの下で目をパチクリさせて、

「彼女がそんなことを？　意外」

「そう？」

「私は、フカの方がずっと強いと思っているからね」

「それ、本人に言っていい？」

レンは、答えを聞くことはできませんでした。

銃撃戦の音が、世界を包んだからです。

「っ！」

「はっ」

レンもビービーも、銃声を聞いたGGOプレイヤーとして、まずやるべきことをまずやります。

すなわち、とにかく伏せること。

世の中の銃撃戦は、伏せれば大抵なんとかなる。そう信じてる。

突然始まったド派手な銃撃戦――、幾種もの銃声のミックス演奏は、少々遠くから響いてきました。

音と強弱とリズムが違う五種類くらいの銃撃音が、50から100メートルほどの場所から聞こえます。エムに教わった、銃声で距離と方向を測るテクニックは衰えていませんでした。方向はもちろん、先ほど三人が去っていった南東。

「誰かが餌に引っかかった」

ビービーが、少し嬉しそうに言いました。

そのとき既に、拳銃はサプレッサーごと腰のホルスターに戻っていて、RPDが実体化して道路に置いてあるのが流石すぎます。

レンには見られませんでしたが、伏せながら左手を振って、ストレージ操作をしたのでしょう。脳のキャパシティが広く、いろいろなことを一緒にできる人です。

「距離を取りましょう」

「了解」

レンは答えながら腕時計を見ました。13時27分間近。

残り3分強でスキャン開始ですが、あの銃撃戦はそこまで続かないでしょう。

そしてレンの位置は、その勝者によってバレます。こんな近くにいたのかと。できるだけ距離を取っておいた方がいいに決まっています。

レンは、注意深く周囲を確認してから立ち上がりました。

100メートルは、銃撃戦の巻き添えになるには十分に近い距離です。流れ弾のバレット・ラインがこっちに伸びてきていないことを確かめてから、レンは交差点を左へ曲がる方へ、つまり北西へと進み出しました。

SHINCがいるだろう場所からは離れていく方角ですが、今はそれを気にしていられません。まずはなんとしても生き残らないと。

派手な戦闘音は、まだ聞こえます。ずっと聞こえています。やや遠くから聞こえる銃撃戦の音は、小太鼓の連打にとてもよく似ています。

レンの予想ですが、まずはT―Sに気付いた誰か、または誰か達が囮だと気付かず発砲。T―Sは撃たれながらも耐えて、後ろの二人が反撃。

しかし、霧の中なのでなかなか決着がつかないでいる。敵味方全員で、バレット・ラインめがけて移動しながら撃ちまくっている――、こんなところじゃないでしょうか。

レンは道路を進み、戦いから離れていきます。あんなのに付き合う必要はありません。

新しい敵がやってくる可能性も考えて早足で進むレンは、

「ビービー、ついてきてる?」

霧の中で後ろにいるはずの、今の仲間に訊ねました。

「大丈夫」

「それは、よか──」

よかった、と言おうとしたレンの言葉が、霧の中からやって来た何かに中断されました。

見えたと思ったらすぐに形を作って、形を作ったと思ったらすぐに通り過ぎていった状況は、高速道路を疾走中に見たNSSと一緒でした。

しかし今回はそれがもっと早く、見えたのと形が分かったのと通り過ぎていったのが0．5秒以下でした。

「あ」

レンが認識した直後に、それは後ろにいるビービーの脇を通り抜けていったようで、

「あ」

彼女からまったく同じ反応を引き出しました。

「ああ！　全力で走って！　わたしのライトについてきて！」

レンが叫びながら、ヴォーパル・バニーを両腿のホルスターに突っ込み、そして走り出しました。ビービーがついてこられると思う限界の速度で。

「分かった」

声だけは左耳に返ってきました。

実際に彼女がついてきているかは分かりませんが、走っているのは道の上。赤外線ストロボとスマートグラスでレンは見えているはず。

やばいやばいやばいやばいヤバイYABAI矢場居！

レンの鼓動が、早鐘のように、あるいはまだ聞こえているフルオートの銃撃音のように体内に響きます。

一瞬だけ見えた、〝それ〟。

本当に一瞬だったのですが、姿形はきちんと確認できました。間違いありません。

それは――、
自転車に乗ったプレイヤーでした。

フィールドに落ちていたであろうマウンテンバイクにプレイヤーが乗って、必死になって漕いで走っていたのです。レンの全力疾走もかくやという猛烈な速度で。

そして、レンにはプレイヤーの風体に見覚えがありました。それも中継動画ではなく、実際にこの目で見た人です。前回のSJで見た人です。

全身の前だけにゴテゴテと装甲板のようなプロテクターを着けてヘルメットを被り、ブリキのロボットのような外見になっている連中。背中に、巨大なバックパックを背負っている連中。

あいつはあいつらだ！　自爆特攻チームの《DOOM》だ！

レンが総毛立ったのも無理はありません。

ＳＪ４でレン達は、あわや彼等に、ＳＪ初参加の新参チームにゲーム序盤で全滅させられるところでした。

ＤＯＯＭは、メンバー全員が体の前面だけプロテクターで覆い、被弾しながらでも敵に接近、背負った大量の高性能爆薬で自分もろとも吹っ飛ぶという、ピーキー過ぎる攻撃方法のチーム。絶対に単独優勝はできないだろうけど、強豪チームを完全に屠ることができる可能性を秘めた、文字通り爆弾野郎達です。

爆発の威力は、レンはＳＪ４で何度も体験しましたが、それはそれは凄まじいものでした。後日その映像を見たエムの考察ですが、半径50メートル以内では問答無用で即死。これは何かの陰にいても同じこと。凄まじい速さの衝撃波が、体内の臓器をブン殴ってしまうそうです。

それ以上でも、コンクリート壁などの頑強な掩蔽物がなければ、体が吹っ飛ばされて、死んでもおかしくない大ダメージを食らう可能性があるとのこと。

さらに遠くへと広がる爆風も恐ろしく、もし途中に吹き飛ばされる何かがあると、それが破片として殺傷力アップに繋がります。台風や竜巻と同じ理屈です。

ＳＪ４で、もしエムがトレーラーを横転させていなかったら、あの頑丈な車体と積んでいた鉄柱が守ってくれていなかったら――、レン達は全員、綺麗に吹っ飛ばされていたでしょう。ひょっとしたら、橋の端まで。

レンが考えているのが、あるいは恐れているのは、今自転車で走っていったあの彼がどこで爆発するか。

銃撃戦の直中で爆発してくれればいいのですが、それは希望的観測というもの。

今一番自分に近い敵の側でやらかされたら、かなりのダメージを自分達も負うのは間違いありません。

気のせいかもしれませんが、ちらっと見えたバックパックが、前回より大きくなっている気がするんですよね。

気のせいかもしれませんが。気のせいだといいな。気のせいに決まってる！

レンは走りながら、

「アイツは前回の自爆チーム！　なるべく離れないと――、マジでやばい！」

「若者言葉ね」

「今はそれ重要じゃない！」

「じゃあ重要な事を言うわね。もう少し速度を落として。追いつけない。見失っちゃう」

「ぐう……」

レンは、気付かずにトップギアの全力疾走をしていたようです。仕方なく速度を緩めました。

霧の中、他のプレイヤーは見えませんが、もし誰かに会ったら、レンは即座にこう叫ぶつもりです。

おいそこのお前！　危ないから逃げろ！

銃撃戦の音が遠ざかります。まだ爆発はしていないようです。

いいぞこのまま爆発するな。するなするな。してくれるな。

爆発しました。

SECT.5 第五章 合流

第五章「合流」

その攻撃は、後ろからやってきました。

背中側の世界が一瞬でオレンジに光ったと思うと、音より先に地面が揺れて走るレンの足を取り、続いて衝撃波が軽い体をふわりと持ち上げて、

「ふひっ?」

レンは空中を吹っ飛びました。

まるで、カタパルトで撃ち出されたかのよう。感じたことがない加速Gが、レンの脳内でヴアーチャルに再現されます。

爆発音がしたみたいですが、それがあまりにも巨大すぎて、洗濯機の中にぶち込まれたかのようにグルグル回転しながら吹き飛ばされているレンには、聞こえたのやら聞こえなかったのやら分かりません。

激しく回転する、そして精神の集中でスローモーションになったレンの視界の中で、一軒の豪邸が見えてきました。

他の家より頑丈そうな、本体が赤煉瓦造りの、どっしりとした豪邸です。

平屋だらけのこの住宅地では、珍しく二階建て。傾斜のついた木製の屋根に、サンタが三人くらい一緒には入れそうな、立派な煙突が目立ちます。

回転して見える度に家がコマ送りのように大きくなっているので、自分はそこへと銃弾のように突っ込んでいる最中なのだと分かりました。

つまり、レンは間もなくアレにぶつかるのです。向きが違うだけで、あの家へ向かって〝落ちている〟のと変わりはありません。

あーこれ、死んだ。デスった。

レンは思いましたが、言えませんでした。そもそも、言う余裕が一切ありません。ヴァーチャル世界とはいえ、呼吸すらできているか怪しい状態です。

でも！　死ぬかもしれないけど、やれることはやれるウチにやっておく。

レンは、最後の抵抗を見せました。

空中で体を捻って腕を振って足を曲げて、とにかくどうにかしてバランスを変えて回転を変化させ、背中を家に向けようと試みたのです。まるでアームを振って姿勢制御をする人工衛星です。

そして、どうせならレンガの壁ではなく、大きな窓にぶつかろうと。

レンの必死の抵抗は、レンの敏捷性のおかげか、それとも天性の運動神経のなせる業か、あるいはその両方の合わせ技一本か――、実を結びました。

レンの小さな体が、吹っ飛ばされる向きと姿勢を微妙に変えました。

微妙な変化でも、猛烈な速度で吹っ飛ばされている最中には大きな動きになります。豪腕ピッチャーが投げた変化球のように、レンは急に軌道を変えました。

最後の回転が緩やかに終わった次の瞬間、レンは大きな窓の中央に、背中から体当たりしていきました。

広いリビングの窓ガラスが豪快な音と共に粉みじんに割れて、白い迷彩ポンチョを着た小さな体がダイナミックな入室をして、

「ひゃあ！」

レンは広々としたリビングの中央まで空中を移動して、そこにあったボロボロの豪華ソファーにお尻から落ちて一度バウンド。

「わっ！」

遅れて家内に入ってきた爆風が室内のありとあらゆる物を吹っ飛ばす中、後方一回転宙返りをしたレンは背中から暖炉の上の壁にぶつかって、少し落ちて、ドスンと暖炉に座るように止まりました。

「ああ……」

吹っ飛ばされた影響で視界がクラクラしますが、とりあえず動きが止まったレンです。

恐る恐る見た自分のヒットポイントゲージですが、さすがに無傷とはいかず、三割程度の減

りでした。

しかし、何十メートルか分からない距離を吹っ飛ばされて、こんな程度で済んでよかったです。ラッキーガールは継続中のようです。

そして、

「あ――」

景色が見えました。

明るいです。

埃や、紙くずなど、細かく軽い物が大量に舞っている室内の端、割れて枠だけになった窓の向こうで、空が晴れています。

いつものＧＧＯらしく、少し赤みがかった蒼い空。おお、なんという快晴でしょう。とても清々しいです。

そして見えます。家々が半分ほど吹っ飛んでいる住宅地が、遠くまで。３００メートルくらい先までハッキリと。

あれほど霧に沈んでいた世界が、一瞬でクリアになりました。

快晴？　ナンデ？

レンは首を傾げましたが、すぐに理解しました。

廃墟になった住宅地の真ん中に、蒼い空の上へと、灰色のキノコ雲が立ち上っているからです。

そうか、霧が吹っ飛んだんだ……。

間違いなくＳＪ４よりパワーアップしていた爆発の凄まじい圧力は、周囲数百メートルの霧を一時的ですが吹き飛ばし、世界を綺麗にしてしまったのです。

はあ……。綺麗だなあ……。

レンは思ってから、それより気にするべきことがあると思い出しました。

「ビービー？　無事？」

彼女はレンよりずっと後ろにいました。もっと激しい爆風に巻き込まれたはず。いや、まあ、このレベルの爆発だと微々たる差かもしれませんが。

「生きては、いる」

声が耳に戻ってきました。ＳＪから退場はしていないようです。

しかし、声に元気がありません。いつもお淑やかな彼女の声ですが、グッと沈んで聞こえました。

レンが暖炉からピョイと飛び降りながら、

「どこ？　わたしは赤煉瓦の大きな家の中」

「その家なら、見える。綺麗に晴れたわね」

「来られる？」

「無理ね」

レンは理解しました。

ビービーは、かなりよろしくない状況に追い込まれている。

瓦礫の下敷き？　それともどこかに塡まった？　足でも挫いた？　もっと酷いことに、手足の数本を失っている？

動けない理由が何か分かりませんが、やるべきことは一つ。

「助けに行く！　どこ？」

レンが入ってきた窓から外に飛び出た瞬間、風が轟音と共に吹き始めました。

「ぶはっ！」

レンのポンチョが、バッサバッサと大暴れしました。

身を包むのは、自分の後ろ側から、前へと吹いていく台風のような暴風。すぐ後ろに豪邸がありますので、これでもかなりガードされているはずですが。

大爆発の吹き戻しです。

霧を纏った白い空気がレンを包み、視界を一斉に奪っていきます。

それまで見えていた、平らな住宅地の爆心地の焦げた跡や、吹っ飛んで土台だけになった家々や、黒く残っていた道路などが、またも霧に包まれて沈んでいきます。

あそこにいた人達は、間違いなく全員死んだでしょう。遠すぎて【Ｄｅａｄ】タグは見えませんが。

「真っ直ぐ来られる？」

「オッケー！」

レンは風の中、走り出しました。

霧が戻ってきているのは、レン達にとっては歓迎すべきところ。白色迷彩ポンチョを纏っているレンを、今は動けないビービーを、またも隠してくれるでしょう。

「見えないから、指示して。わたし、近づけてる？」

赤外線ストロボをビービーに見てもらいながら、

「大丈夫。少し左に進んで。そう、今正面」

「了解」

レンは細かい木材が散乱している土の上を、それらを避けながら進みました。

この場所は、あの豪邸の庭ですね。さっきは2~3秒で吹っ飛ばされてきた道程を、15秒ほどかけて戻ります。

その間に霧は再び世界を包み、風は急速に収まっていくのです。

レンは土の上に広がる邪魔な木材を避けたり蹴ったりしながら駆け、やがて柵の前に来ました。

豪邸と豪邸の敷地を区切る、黒く塗られた頑丈な金属製の柵です。

柵の柱は円筒ではなく正四角柱で、一辺は3センチくらい。

約30センチの等間隔で拵えられた柱の先端が、トランプのスペード形になっています。高さは、ゆうに3メートルはあるでしょうか。刑務所並みの厳重さです。

この柵を、レンはGGOで見慣れています。住宅地にはよくあるフィールドアイテム。

向こうがスッパリと見えて、銃撃からの遮蔽物にはなれないくせに、乗り越えるのが実に面倒。しかもずっと長く延びていることが多いので、プレイヤーにかなり嫌われています。

ちなみにプラズマ・グレネードがあれば、爆発した球体が柵を綺麗に切り取ってくれるので、通り抜けることができます。周りに敵がいないときは使える手。

GGOにおけるアイテムのダメージ設定はとても細かくて、〝壊したら壊した場所だけが壊れる〟ことが多いです。

通常のゲームにおいては、アイテムの耐久度がゼロになるとアイテムそのものが消滅します。GGOでは、ある程度大きな物なら壊れた場所だけが壊れて、それ以外の場所は形を保ちます。

壁に穴を開けても、壁そのものが消滅しない理由はこれ。柵もまたしかり。

理由はGGOが、〝リアルに廃墟と戦闘を再現する〟ことにこだわりまくっているからだ、すなわち破壊の美学を追究しているから、と言われていますが、真偽は不明です。

レンが柵の前に到着して、さてビービーはどこにいるのだろう、と思った瞬間、

「まいったわ」

彼女の声を、両耳に聞きました。

「え？」

レンが声のした方を、つまりは上を向きました。

「っ――」

そして絶句します。

転ばないように足元ばかり見てきたので、ここに来るまで分かりませんでした。

ビービーは、高い柵の上にいました。

尖った先端に腹を貫かれて。


「なっ！　えっ！　だい――」

大丈夫？　と聞こうとしてしまい、それは意味がないので止めました。

状況把握に努めます。

目の前に聳える柵の天辺のスペードが、三つ、ビービーに刺さっていました。

一つは左脇下腹部に深々と刺さり、反対側まで抜けていました。完全に串刺しです。

一つは右のお腹の高い位置、肺の真下あたりに刺さって体内で消えていました。チェストリグの分厚い布ごとです。

一つは左足の腿に刺さっていました。こちらは先端だけですが、それでも数センチは食い込んでいることになります。

スペードとは剣を図案化したものですが、その名の通りの鋭さを、これでもかと見せつけていました。

ビービーの体は空中3メートルの位置で、腹這いで緩やかな〝くの字〟に折れ曲がって、動けなくなっています。

彼女が両手足の力で抜こうとしても、横棒の位置が体に近すぎて、体を持ち上げるほどの力がかけられません。その下はずっと棒なので、手足をかけられません。

それ以前に、体を無理に動かせば、重みでさらに食い込んでしまうかもしれません。

まるで、昆虫などを木の枝に引っかける、モズの〝はやにえ〟のようになってしまっているビービーを前に、

かっ、かわいそう過ぎる……。

レンは心の底から同情しました。

GGOは、誤解を恐れずに言えば〝他人を、銃をメインにしてそれ以外の方法も含めてぶっ殺すのを楽しむゲーム〟です。

レンだって、他のたくさんのGGOプレイヤーと同じく、相手の頭に銃口を押しつけてス

パンと撃ち抜いたり、ポイと放った手榴弾で体を四散させたり、ナイフで男の股間を縦にぶった斬ったりしたことがあります。

いや、最後のはさすがにレンだけだろう。

でも、それらは平和な日本で普通に生活していれば、まず見ることがない光景です。リアリティがなさ過ぎて忌避感は薄くなります。

それよりも、今のビービーのような、〝リアルでも有り得そうなとても悲惨な状況〟の方が、ずっとずっとイヤなのです。

どうしてこうなったか？

さっきの爆風で吹き飛ばされた――、まではレンと一緒でしょう。

しかしビービーはより高く飛ばされて、どんな運命の悪戯か、よりにもよってここに、腹部から着地してしまったのでしょう。

彼女の愛銃ＲＰＤは柵の向こう側、10メートル以上離れた位置に落ちていました。霧に霞んで、寂しそうに佇んでいました。壊れていないといいのですが。

「まったく、ついてないわ。痛てて」

ビービーが、弱々しく言いました。

もちろん現実ほどの痛みはないＧＧＯですが、腹部にこれだけのものがずっと刺さっているのが快適なわけはありません。

レンが、

「ヒットポイントは？」

一番肝心なことを訊ねました。

まず無事ではないでしょう。二〜三割は減ったでしょうか？　そして、刺さったままである以上、現在進行形でヒットポイントは減少しているはずです。

「着地を決めた瞬間に半分まで減って、今、残りが二割」

「げっ！」

レンの希望的観測以上に減っていて、思わずイヤな声が出ました。

このまま放置したら、あと1分足らずでゼロになりそうです。このまま死んでしまいます。SJ5から退場です。

同時にレンの腕時計がブルブルと震えて、レンはチラリと時間を確認しました。13時29分30秒。今31秒。そして32秒。

三回目のスキャン、そして弾薬のフル回復まで残り20数秒ですが、今は地図チェックの余裕はありません。

それよりもやることがあるのです。そうです、目の前で苦しんでいる仲間を救うことです。

「救急治療キット！」

「取れないのよね」

「わたしが！　どこ？」

「左腿のポケット」

「分かった！」

レンは素早く鉄棒に飛びつきます。

両手で二本の棒を握り、両足の底で蹴飛ばすように、ガシガシと登っていきました。サルにも負けない素早い動き。むしろサル以上。

小さかった頃、本当にまだ、年齢的にも身長的にも小さかった頃――、きょうだい達と木登りは何度もやったレンです。まさかここで役に立つとは。〝昔取った杵柄〟とはよく言ったモノです。

「あらすごい」

スルリと登り切ったレンは、素直に感心するビービーの、左腿外側のポケットに手を伸ばしました。

ぐっさりと太腿前面に刺さっているスペードが、実に痛々しいです。赤い被弾エフェクト――、あるいはダメージエフェクトが、ギラリと光っています。

レンは、慎重に引っこ抜いた太いペンのような救急治療キットを、ビービーの足に躊躇なく撃ちました。

「ありがとう」

ビービーの体が一度ほわっと光って、ヒットポイントの回復が始まりました。

しかしこれ、一本で30パーセント分回復してくれるだけ。しかも完了までは180秒かかります。

今の段階では、ビービーの死をほんの少しだけ先延ばしにしてくれるだけの代物。

「どうにかして、抜きたいけど──」

レンは、自分の力でも無理だと、分かっていました。

登ったレンが、片手で串刺しのビービーを上に持ち上げて抜けるとは到底思えません。よしんば両手が使えても、そもそも力が足りないでしょう。

「プラズマ・グレネードは？」

あの蒼い奔流なら、どうにかしてくれる。

聞いてみましたが、たぶん持っていないでしょう。持っていたら、既に落としていただろうからです。

「残念ながら、ね」

分かっていた答えが返ってきて──、

ああ……！　ピトさんかフカがここにいれば！

「ああ……！　ピトさんかフカがここにいれば！」

レンは思いましたし、実際叫んでいました。

「まあ……、無理ね。私は、今回はここまでかしら。先に行っていて」

「………」

それが、道理なのかもしれません。

大爆発でそうとうビビったとは思いますが、さりとてこの地に別の敵が集まってこない保証はありませんし、そうなれば、二人してあっと言う間に撃ち殺されます。

自分だけでも生き残るべきなのかもしれませんし、そもそもSJはそういうゲームです。

「じゃあ――」

レンは心に決めました。

ニヤリと笑うと、

「最後まで足掻かせてもらうよ」

レンは両手を柵から離し、両足で蹴って、空中に飛び出ました。同時に左手をサッと振ると、目の前に出たウィンドウで、装備の一括変換をポチっと。

背中から、さっき自分を守ってくれたリュックが消えて、腰からホルスターごとヴォーパル・バニー達が消えました。

そして着地したレンの目の前に、その形を作るP90。

直線と曲線と、あとなんだかよく分からない線が作り出す、機能美と言えるかもしれないけど言えないかもしれない、でもとにかくレンはとても気に入っているシェイプ。そして自分で選んで塗ってもらったピンク。

残りは20秒もないはず！

レンはP90をがっしりと掴むと、装填レバーを引いて離して、初弾を薬室に送り込みました。

そして、

「何を？」

死にかけのビービーの声に、行動で応えます。

横並びの柵の間隔は30センチくらい。ビービーに刺さっているのは並びの三本。

いくぞ！　ピーちゃん！　お前の刃を、あるいは牙を見せてやれ！

「了解！　ボクに任せて！」

P90が潑剌とした少年声で返して、レンはその銃口を、柵の一本へと向けました。

びっちりと押しつけてしまうと銃弾の跳ね返りが怖いので、距離を10センチほど開けて。

ぱららららららららららららららら！

P90がこのゲームで初めて火を噴いて、銃弾は鉄柵で火花を散らしました。

僅か2グラムという小さくて軽い弾丸ですが、音速を超える速度で体当たりしていけば、鉄柵だって無事ではありません。しかも秒間15発の連射速度で放たれます。

ほとんど繋がって聞こえる発砲音が世界をうるさく包み、銃の下から放出された空薬莢がキ

ラキラと輝いてから、光の粒子となって消えるときにもう一度輝きます。

一発食らうごとに柵は歪みその形を変え、そしてとうとう、ブチンと千切れました。

「まずは一本！」

レンは視界の右下の残弾カウンターを確認。さすがは50発のマガジンキャパシティを誇るP90、まだ30発以上残っているので、次の切断に取りかかります。

再びのフルオート射撃。

唸るピーちゃん。弾ける火花と空薬莢。

コツを掴んだのか、次は容易く千切れました。

「二本目！」

その様子を上空3メートルから見下ろしながら、ビービーが訊ねます。

「その使い方、マニュアルには？」

「なかった！」

残弾を全て使うつもりで、レンが作業を続けます。

三度の火花と銃声。周囲の皆さん、しばらく作業でうるさくしますよ。御免なさいね。

「できた！」

やがて三本目をぶっちぎって、これで残りは横棒だけ。

周囲を探る余裕などありません。レンは目にも留まらぬ高速マガジンチェンジで、P90の残弾カウンターを51発にしました。マガジンに50発、銃の薬室に1発です。

Ｐ９０を肩にかけると、再びモンキー登りでビービーの元へ。悔しいことに根本がぶっちぎられても、横棒のおかげで、柵はまだ頑丈に聳えています。

「残りは？」

「一割？」

短い会話のあと、レンは左手一本と、開いた両足で体を保持し、右手一本でＰ９０を撃ちまくりました。

まずは右側の横棒から。

銃声と火花が散って、５センチほどの太い横棒が、ガリガリと削られていき——、そして千切れました。

「うわっ！」

次の瞬間、

「ぐっ！」

ビービーごと、柵の上部が大きく歪みました。

レンは横棒を摑んだ左手だけで宙ぶらりんになり、ビービーの体はひん曲がった柵上部ごと大きく傾いて、しかしまだ引っこ抜けません。

「このお——」

レンは、柵をＳＪ最大の敵だと認識しました。右手を大きく伸ばして、歪みながらも残る横棒に銃口を向けて、

「にゃろおおおお！」

撃ちました撃ちまくりました。

なるべく弾が当たるように、反動を必死になって押さえて。バランスの悪い体勢なので、数発が向こう側の霧の中に消えていきます。

火花と銃声と空薬莢が世界を包んで、横棒は突然その使命を終えました。

「ひゃ！」

ビービーは、横棒からは自由になりました。

そして重力に囚われました。

刺さった棒ごと、３メートルの自由落下を始めて――、
やばいこれ下に落ちたらビービー死んじゃうかも！

左手一本でまだ柵にぶら下がっているレンは恐怖しましたが、時既に遅し。そもそも、他の方法はなかったのです。

せめて死なないで！

ビービーは腹と足に鉄棒を刺したまま、横に倒れながら地面へと落ちていき――、
その体を、

「おおっと！」

太い腕ががっしりと受け止めました。太い声の主でした。

周囲や下を見ていなかったので、そのプレイヤーが駆け寄って来ていることがレンには見えませんでした。気づけませんでした。

そして今、レンは見ました。

「ボスぅ！」

そこには、レンが会いたい人がいました。

「いよう！　大変なことになってるな！」

緑の粒をちりばめた迷彩服を着た、お下げ髪のゴリラが、子供が泣きそうな笑顔でレンを見上げました。

彼女の愛銃、消音狙撃銃《ＶＳＳヴィントレス》は、スリングで背中に。

長い棒に貫かれているビービーを、

「それ」

まるで赤子を持ち上げるかのように片腕で保持し、もう片方の手で刺さっている剣を抜いていくのです。焼き鳥の串を抜くような感じで。

三本をあっと言う間に抜いて、ビービーの体を土の上に優しく横たえて、

「ああ、助かったわ。こんなギリギリのヒットポイントゲージを見たのは初めて」

ビービーが仰向けのまま、デカいゴリラを見上げながら言いました。

「二人とも、ありがとう」

今死んでいないということは、ヒットポイントの減少は止まったということ。そして、救急治療キットの働きで回復途中にあるということ。

新しいダメージを食らわない限り、ビービーは大丈夫でしょう。今ボスが転んで倒れてのしかかったら、ビービー死ぬかも。

「よかったあああ！」

レンは、万が一にもビービーの上に飛び降りないように注意しながら、柵を蹴って宙に舞いました。

そして、地面に着くまでの間に、見ました。

「ラッキーイイイ！」

霧の向こうで奇声を上げながら、スイス製《ＳＩＧ５５０》アサルト・ライフルを構えている男を。

服も顔も見たことがない男が、およそ20メートル向こうで、濃い霧を背景に立っていて、自分達を狙っています。

おそらくは、レンの発砲音を戦闘だと思って、霧の中を匍匐か何かで忍び寄ってきたのでしょう。

三人が油断しているので、というよりそもそも反撃ができる態勢ではないので、撃ちやすいように立ち上がってから連射しようとしているのでしょう。

三人の内の一人はバカみたいな金額が提示された賞金首ですから、それは『ラッキー！』なんて言葉が出ようものです。

気持ちは分かる。いやもう、すごい分かる。

とまあ、一瞬で完璧な予想はついても、レンに反撃はできません。

自分がＰ９０を向けて撃つより早く向こうは発砲を始めて、ボスもビービーも、そして自分も、蜂の巣になってＳＪ５退場コース。

せめて自分を一番先に撃ってくれないかと、レンは思いました。

的が小さい自分なら、相手のミスショットの隙に、あるいは自分が撃たれて死んでいる間に、ボスがナントカしてくれる――、かも。

レンが、火を噴く予定の男の銃を睨みながら着地した瞬間、

「はがっ！」

その男が仰け反って、そのまま後ろに倒れました。

男の顔が一瞬赤く光ったのがレンには見えたので、撃たれたことに間違いはなく――、

ピコン。

倒れた場所に即座に【Ｄｅａｄ】のタグが出たので、一撃即死のヘッドショットでした。

これは見事です。

ゲーム的にすぐ死にすぎても面白くないので、ＧＧＯでは一撃即死が可能な部位が本当に狭いです。

弾薬の威力にもよりますが――、通常のアサルト・ライフルだとしても、脳幹直撃の位置、つまり顔や頭の中心部を射貫かないと、あれほど瞬殺な、引き金を引く暇すらなかった即死にはなりません。

しかし、どこから？　誰が？　銃声はしなかったけど。

着地したレンがＰ９０の銃口を下ろしながら、心の中で首を傾げていると、

「なんと、お前達とはね」

後ろから聞こえた、聞き覚えのある男の声。

振り向いたレンが、

「ああ！」

声と顔を一致させました。

20メートルほど離れた薄霧の中に、サプレッサーを付けたステアー《ＳＴＭ５５６》アサルト・ライフル、グレネード・ランチャー付きを構えた男がいました。

直線基調の緑の迷彩服を着て、肩にナイフを咥えたドクロのエンブレムを付けたチームのリーダー、デヴィッドが立っていました。

13時32分。

レンが吹っ飛ばされて入った頑丈な煉瓦造りの豪邸――、その二階に四人がいました。レン、ビービー、ボス、そしてデヴィッドの四人です。

この豪邸、今の彼等にとって、最高に素敵な場所でした。

まず、全体が分厚いレンガ造りなので、撃たれた銃弾が簡単には抜けてきません。

レンガも銃弾を連続で食らえばどんどん砕けていくので、絶対の安全が保証されているわけではありません。

ただ、何層にもなっているレンガの家壁は、少なくとも初弾から、あるいは2発3発で抜けてくることはありません。超高威力の対戦車ライフル、対物ライフルでも持ってこられたら話は別なのですが。

これがアメリカでよくある木造の、いわゆる〝ツーバイフォー住宅〟だったら、壁は大変に薄く、ライフル弾などは、初弾からスパスパ貫通してきます。

軍用ライフル相手に、家の中や車の中が全然安全ではないと、レンはGGOを通じて学びました。リアルでは、どう役に立てればいいのか分からない知識です。

さらに、この家は二階建てなので、レン達は周囲を数メートルの位置から見下ろすことができます。

今も霧は濃く、30メートル以遠に何があるか、よく分かりません。それでも上から見られる、そして上から撃てるというのは、問答無用でアドバンテージがあります。

戦いは、高い場所を取った方が圧倒的に有利になる。レンはGGOを通じて学びました。リアルでは、どう役に立てればいいのか分からない知識です。

四人は、別の部屋にいました。

二階の東西南北に面した四つの部屋に、それぞれが陣取っています。ボスは東、ビービーが西、レンが南、デヴィッドが北です。

そこにある窓からコッソリと顔を覗かせて、周囲四方を見張っているのです。家の中は廃墟ですのでボロボロで、人が住んでいたとは思えないほどですが、床はしっかりしています。

四人が配置について、周囲の異常がないと確認し合ったあと、

「改めてお礼をさせて。三人とも、ありがとう。レンちゃんは凄いアイデア、エヴァはナイスキャッチ。デヴィッドは、素晴らしいヘッドショットだったわ」

ビービーが言いました。

心の籠もった、優しい口調でした。会話はもちろん、先ほど繋いだ通信アイテム越しです。

「どういたしまして!」

素直なレンは溌剌と答え、

「こう見えて、キャッチは得意でな。役に立ってよかったぜ」

リアルでは新体操選手であるボスも嬉しそうに返し、

「まあ……、成り行き上だ。礼はいい」

素直じゃないデヴィッドが言いました。口調は、全然まんざらでもない様子でした。このツンデレめ。

「さて、さっきのスキャンだが――」

デヴィッドが言葉を続けます。

2分前の三回目のサテライト・スキャン、見ることができたのは彼だけです。

レンとボスは、今一発でも被弾したら、あるいはちょっと掠っただけでも死ぬビービーを自分の体でガードしつつ、周囲に視線と銃口を向けていました。

「周囲1キロ以内に、リーダーマークはなかった。もちろんそれは、近くに敵がいないことを意味しない。残数は30で、まだどのチームも全滅していない。そもそも、リーダーマークが、どれも大きく動いていないな」

なるほどなるほど。

ここまで聞いただけで、SHINCのリーダーはボスではなかったことは分かります。足の速いターニャあたりでしょうか。

そしてデヴィッドも、リーダーを別の人にしてあったようです。彼自身が遊撃隊になり、裏をかくことも考えていたのでしょう。

レンは弾薬がフルに復活したＰ９０を窓枠の脇で構えながら、周囲を見張りながら心の中で答えました。

ヒットポイントは、さっき救急治療キットを打ったので回復中。１００パーセントまで復活するはずです。そして、チームメイトに、死者は出ていません。

「レンがＬＰＦＭのリーダーだったな。この位置はバレている。だが、この場所は悪くない」

デヴィッドの言う通り。

立て籠もるとしたら、かなりいい場所です。ただし、例外があります。

「ま、さっきの爆弾野郎が来てしまったら、もうどうしようもないけどな」

そうです彼等です。

霧の深いこの状況下では、どうしても接近を許すことになってしまいます。接近された以上、彼等は無敵すぎます。ＤＯＯＭの残りは最大で五人。

ボスが、

「まあ、それでもこの場で、ビービーの復活を待とうじゃないか」

回復中とはいえヒットポイントが少ないビービーを、外に連れ出すのは危険過ぎます。

「賛成！」

「分かった」

　レンとデヴィッドが答えて、

「重ね重ねありがとう」

　というわけで、この四人はひとまずここで陣を張ることになりました。籠城戦です。

　作戦が決まったので、レンは、周囲に目を光らせながらも聞きたい事を訊ねます。

「ボス達は、ここまでどうしていたの？」

「ああ。このクソルールが判明してから、とにかく生き残りを図った。何があっても、14時までは動かずに隠れていようとな。チームにも、そう命令した。私は、この住宅地からスタートだったんだ」

「なるほど」

　ボスのスタートポイント、レンのそれと、偶然にもそれほど遠くなかったようです。

　先ほど近づいただけで統合されたマップデータも、それを証明しています。描き足されたのは、住宅地の部分が少々だけ。

　自分を車で撥ねようとした三人のマップデータももらっていますが、まだ、地図の十分の一も描かれていません。

　スタートポイントが近かったからといって、ボスが無理に移動しなかったのはさすがです。

レンを追いかけていって死んでしまっては、本末転倒です。足の速いレンと、途中ですれ違っていたかもしれません。

「スタートしてすぐ、一軒の家の奥まったところにイスを置いて隠れた。そうしたら、20分を過ぎた頃かな、よりにもよってコッソリ入ってきた奴がいた」

「それがデヴィッドさんだった？」

「いや。何度も出ている光学銃チームの一人だった。しょうがないから屠ろうかと思っていいんだが、なかなか銃を出して狙える位置に来なくてな。拳銃ならなんとでもなったんだが、音を立てたくなかった。そのうち窓際でくつろぎ始めてしまって、困ったよ」

消音狙撃銃のヴィントレスなら、誰にもバレずに一撃を食らわせることが可能だったでしょうが、それも狙えればの話ですね。

デヴィッドが、説明を引き継ぎます。

「何の因果か、俺もすぐ近くでスタートだった。そして偶然、そいつが隠れているのが見えた。家に入って静かに倒したままではいいのだが――、気付いたときには、エヴァと室内で睨めっこをしていた」

「なるほど」

レンとビービーと似ていますね。

そこまで近いとよくて相打ち。それならば、そして実力を知っている相手なら、組んだ方がいいに決まっています。

「俺は誰とも組むつもりはなかったし、チームメイトにもそう言っておいたんだが――、合流までに死ぬわけにもいかなくてな……。デカネードを額に抱えてニタリと笑っているエヴァを見たときは、派手に舌打ちさせてもらったよ」

「レディを前にその態度は、どうかと思ったがねえ」

ボスが楽しそうに言いました。

もしデヴィッドが撃っていたら、大型プラズマ・グレネードが爆発して、家ごと吹っ飛んでいたのでしょう。

ボスが、言葉を続けます。

「それからずっと、その家の中で14時が来るのを待っていたが、さっきの大爆発で家が半壊してしまったのだ。あの爆弾チームをしっかりと想定しておくべきだったよ。最初から、煉瓦の家にしておけばな。――昔散々読んだ『さんびきのこぶた』の教訓を忘れていたぜ」

ボスが冗談めかして、

「わはは」

レンは素直に笑いました。

「そうして、なんとか瓦礫を押し退けて外に出たらP90の派手な発砲音が聞こえてきた。レンの可能性が高かったので、警戒しつつ駆け寄ったというわけだ」

「なるほどー！」

ボス達が隠れた家が半壊で済んで、本当によかったです。

もしもう少し爆心地に近い場所だったら、家ごと吹っ飛ばされ、あるいは潰されて、二人は何もできないままSJ5から退場でした。

そしてレン達も、あそこであの男に撃たれて、その後を追っていたことでしょう。

デヴィッドが言います。

「今さらだが……、このSJの最初の1時間は、何もしないで一人でずっと隠れているか、あるいは見かけた誰かと一時的に手を組むか、取れる手はこの二つだけだ」

「そうね。そして、二人よりも三人、三人よりも四人じゃないかしら？」

そしてビービーが言って、もう二人が何を言いたいか、レンにもボスにも分かります。

「いいだろう――」

ボスが、ドスの利いた笑い声で言います。

「我ら四人――、互いの実力に不足はあるまいて」

「ないないない！　あるわけない！」

レンが本心を弾ませました。

この三人、SJでも屈指の強プレイヤー達ですよ。この中なら、ぶっちゃけ自分が一番弱いくらいですよ。

腕時計を見ると13時35分。

残り25分、性格の悪いスポンサー作家に負けず、この四人で生き残ってやろうじゃありませんか。

そして──、
俺達の本当の戦いは、14時からだ！

とまいりましょう。

SJ5は14時から。みんなちょっと早く来すぎたんですよ。

デヴィッドが、

「いいだろう。そうと決まれば──、そうと決まれば……、ここに、こうしているのがいいかもしれないな」

ちょっと間抜けな発言をするしかなくなりました。

レンにも異論はありません。

頑丈な建物の二階で陣取っていれば、しかも四方に目を光らせていれば、相当に有利です。

除く、対物ライフル。除く、自爆チーム。

ただし、懸念材料もあります。そうです、自分のことです。

「わたし、40分と50分で位置がバレるよ？　一応〝不参加〟みたいな偽装はしたけど、知らないでやってくる人、いるかもよ？」

「まあ、それはしょうがない」

ボスが即答して、

「その際は、敵をおびき寄せるマーカーにでも、使わせてもらうか」

そんな援護ゼリフ。なんとありがたい。

「じゃあ、そういうことで。私は六割まで回復させるわ。それまでは、ちょっと休ませて」

ビービーが言いました。

自分で二本目の救急治療キットを使ったようです。それでも、3分後に回復するのは六割弱だけ。残りは一本。序盤にして、かなりの打撃です。

デヴィッドが、

「レン、サプレッサーを持っていたな。P90に装着するんだ」

「あ、了解！」

彼に戦術を指南されるのは初めてですが、不満などありません。

戦闘音を周囲に響かせないように、レンはストレージから円筒を取り出して、P90の銃口に装着しました。もちろんサプレッサーもピンク。

サプレッサーには消音効果の他に、派手なマズル・フラッシュを隠すという効果もあります。霧の中で撃ちまくっても、敵に見つかりにくくなります。とはいえ、バレット・ラインは隠しようがないのですが。

そんな便利なサプレッサーにも、当然デメリットはあります。

まずアイテムとして大変に高価であるのがひとつ。さらに、装着すると銃の命中精度が下がります。

そして何より、銃の全長が長くなって取り回ししづらくなります。もともと短いＰ９０を振り回すレンは、これを一番嫌います。

しかし、立て籠もっているこの間なら、付けた方がいいでしょう。レンは素直に装着しました。

仲間が集まって、だいぶ心強くなった。

レンは思いました。

今なら、そしてこの四人でなら、14時までしっかり生き残れそうな気がします。

最初はビービーと組んで、そしてちょっと危なかったけど生き残って、しかもデヴィッドとボスという二人の強プレイヤーとさらにチームを組めて――、

やっぱりわたしはラッキーガールだ。

レンがそう思った瞬間、

「敵襲！」

ボスの声が聞こえました。

ボスがいたのは東向きの窓。レンは南向きなので、窓枠を移動して体を斜めにして、そちら

へと目線を送りますが、残念ながら家の造りと角度的に、敵を見るのは無理みたいです。

「東から走ってくるプレイヤーが二人。共にチームメイトではない。他には見えない。この家に入ろうとしている。撃つぞ」

ボスの的確な報告がビシバシと届きます。

我ら四チームの仲間ではないのなら、うん、屠れ。

レンが思った瞬間、

「撃った。――倒した。ツー・ダウン」

ボスが報告しました。

さすがは消音狙撃銃ヴィントレス、何も音が聞こえませんでした。

これならば、ここに自分達が潜んでいることが周囲にバレてないですね。うん、バレてない。

ヴィントレスは、セレクターの切り替えでフルオート射撃もできます。射程は劣りますが、消音アサルト・ライフルとしての使用も可能。

ボスはフルオートにして、家に駆け寄ってくる二人に銃弾を浴びせかけたのでしょう。SJ1で、レンは音がしないこの銃に心底怖い思いをさせられましたが、味方なら本当に心強い。

レンが安堵して、腕時計を見ました。13時38分。

ちょっと早いですが、次のスキャンを見る準備をしましょうか。

レンが呑気に思った瞬間、家が揺れました。

「うひっ！」

煉瓦造りの家を揺らしたのは、何かの爆発。豪快な爆発音が、レンのいる部屋にまで入ってきます。

「グレネード・ランチャーだ！」

ボスの声。

「私の部屋の下に着弾した。発砲したやつは見えな――」

ボスの声を、銃声がかき消しました。

猛烈なマシンガンの連射音が、世界を一気に騒がしくしました。繋がっている重い銃声は、7.62ミリクラスの機関銃です。

「ぐはっ！一度引く！」

ボスの険しい声が聞こえて、事態が深刻だと分かります。

マシンガンの連射を、建物東側に食らっているようです。その振動が、細かくレンの部屋にまで伝わってきました。

「援護は？」

「いらん！東側に顔を出すな！」

レンとボスの会話に、

「ちょっと待って！」

ビービーが、彼女にしては慌てた声を出します。

そして、

「あれはウチのシノハラ！　《M60E3》の音！」

うげっ！

レンが心の中で叫んで、

「うげっ！」

デヴィッドは実際に叫んでいて、

「どのみち反撃できない。なんとかしてくれ！」

ボスの泣き言が繋がりました。

ZEMALの一人なら、マシンガンには《バックパック型給弾システム》が繋がっているはず。連続射撃可能な弾数はおよそ1000発。

実際には銃身の過熱でそこまでは撃てませんが、銃身交換など彼等は顔を洗う回数よりやっています。あっと言う間。

レンには見えませんが、状況の予想はつきます。

ボスは、隠れていた部屋が銃弾の雨霰に襲われています。シノハラに、二人を撃ったときのバレット・ラインを見られたのでしょう。シノハラは、あの二人を追いかけていたのでしょう。

煉瓦のおかげですぐに部屋の中に銃弾は飛んできませんが、マシンガンの連射を浴びると、窓から顔や銃を出して反撃はできません。

これは困った！

そもそも、よしんば反撃ができても、撃つわけにもいきません。何せシノハラはビービーのチームメイト。

せめて東側に自分がいれば、今もポンチョの頭の上にある赤外線ストロボを見せることで、シノハラも発砲しなかったでしょうに。なんと運がない。

タイムマシンがあれば、数分前の自分に、東側を守れと言えたのに。

「私が行く！」

ビービーの声が聞こえます。

レンには見えませんが、彼女は今、西側から家を横断して向かっているはず。

レンは、家の南側と、より近い場所にいます。足の速い自分が行こうかと悩みました。どうにかして赤外線ストロボを見せれば、シノハラも射撃は止めるはずです。

でも、ビービーがもう向かっている以上、出しゃばるのは止めておきました。

銃声はまだ響いています。

これで別の敵が来ないように、レンは南側を、そしてビービーが抜けた西側も、できる限り目を光らせないといけません。

大丈夫、ビービーがなんとかしてくれる。

レンが思った直後、あることに気付きました。

グレネード・ランチャー？

さっき、ボスはそう言いましたよね？　最初の一撃は、グレネードの攻撃でしたよね？

「ビービー！　シノハラはグレラン持ってる？」

「いいえ。たぶん誰かと組んだはず」

さすがビービー、とっくに気付いていましたか。

シノハラは、誰かグレネード・ランチャー持ちとタッグを、あるいはトリオ以上を組んでいるのでしょう。

でも、シノハラに赤外線ストロボを見せれば、攻撃は収まるはず。

彼だって、チームメイトへの攻撃は控えるようにお仲間に言うでしょうし、まともなプレイヤーなら、その意を汲んで攻撃しないでしょう。

「到着した！」

ビービーの声。

ボスのいる部屋に入ったようです。もうすぐ、あの機関銃の音が止むに違いありません。そうであって欲しいです。

シノハラが、ビービーを撃ってしまうなんてことがありませんように！

レンは強く強く願いました。そんなことになったら、悲しすぎるじゃないですか。

そして——、
M60E3の銃声が、ピタリとやみました。世界は静かになりました。

静寂を取り戻した世界に響く、ビービーの声。

「シノハラ！　こっちに合流して！」

この声は通信アイテム越しにレンの左耳に、そして肉声として右耳にも届きました。

どうやらビービー、そうとうの大声で呼びかけたようです。

そして、

「おおおおおお！　リーダー！　そこにいらしたのですか！　撃ってしまって、申し訳ありません！」

負けじと大声で叫んだらしいシノハラの声。ビービーの声より大きく聞こえました。

レンは、ホッと胸をなで下ろしました。

ひとまず、同士討ちの悲劇は避けられたようです。

「今、そちらに行きます！」

シノハラの声がさらに近づいて、レンは窓からコッソリ外を見ると、建物の南東方向から、
霧の中に人影が一つ。

一応P90をそちらに向けつつ、引き金にはもちろん指をかけずにレンが見守ります。

霧を抜けてきたのはやっぱり、某アクション映画の主人公の真似をした、黒髪に鉢巻きを巻いたZEMALの一人——、シノハラでした。

吹っ飛んだ家の瓦礫を避けつつ、家に駆け寄ります。

「すみませんリーダー！　二人のプレイヤーを追っていたのですが、この家に逃げ込んだとばかり！」

「それは私達が倒したから」

「了解です！　お叱りはあとで幾らでも！」

なるほど。

シノハラと、タッグを組んだグレネード・ランチャー使いの誰かは、ボスが倒した二人を追尾していたのですね。

そして、死んだのを確認していなかった。それなら、家にいる人を問答無用で敵だと判断して撃ちまくってこようものです。

あの二人が真っ直ぐ向かってきていたのは、シノハラ達から逃げるためでしたか。納得です。

レンの見ている前で、シノハラが駆け寄って来ます。

チームウェアである緑色のフリースジャケットを着て、黒いコンバットパンツ姿。

M60E3マシンガンに、銀色の金属ベルトがついていて背中のバックパックに延びています。

これでレン達四人に、優秀なマシンガナーが、力強い仲間が一人加わりました。14時まで生き残る確率が、さらにグッと上がった気がします。

そして、もう一人、グレネード・ランチャー持ちが来るはずですので、さらに戦力アップ！

いやあ、よかったよかった。

レンが心の中で呟いた瞬間、シノハラが吹き飛びました。

「え？」

爆発音がして、走っていたシノハラが前へと飛ばされていきます。

飛んでくるのは見えなかったのですが、背中で炸裂したグレネードが、彼を前方に勢いよく吹っ飛ばしたからで――、

「のわあっ！」

レンの見ている前でシノハラは悲鳴と共に数メートル飛ばされ、家の一階の煉瓦の壁に頭から激突して、そのまま動かなくなりました。

首でも骨折したと認定されたか、

ぴこん。

【Dead】のタグが、彼の上に燦然と輝きました。

チームZEMAL――、一人、死亡。

「……………」

レンが呆然として、恐らく同じ光景を見たであろうボスやビービーもそうで、

「何が起きた？」

北側を見張っていて状況が分からないデヴィッドが、問いかけてきました。

レンが報告します。

「シノハラの仲間が、霧の中から、シノハラの背中をグレランで撃った……。死亡」

レンが、素直に見たままを言いました。言うしかありませんでした。

どうやら、まともじゃないプレイヤーがいたようです。

「なるほど……。なかなかのクソ野郎だな」

デヴィッドの、静かな怒りの声が戻ってきました。

ボスの声が続きます。

「どいつか知らんが、武士の風上にも置けぬ不埒な奴だ……。少しでも見えたら、遠慮なく撃つぞ。止めるなよ？」

誰も反論しません。武士の件もツッコみません。

ビービーが黙ったままなのが、何も言わないのが、怖いです。とても怖いです。

チームメイト想いの彼女のこと、相当にハラワタが煮えくり返っているはずです。

一緒の部屋にいなくてよかった。

レンは思いましたが、言いませんでした。

そして――、
あ……、まさか……。

レンは思いましたが、思いたくありませんでした。

さっきまで組んでいた仲間を、遠慮なく背中から撃てるグレネード・ランチャー使いに、一人、心当たりがあります。

あるのです。

ま……、さ……、か……。

レンの鼓動が、アミュスフィアのシャットダウンを危惧するほど、高まりました。ドッキドキのハートビートです。

まさかまさかまさかまさかまさかまさか……。

いや、そんなことはないはず。

だってほら、エムがちゃんと、「お前は動くな隠れてろ」って言ったじゃないですか。

ちゃんと作戦を伝えたじゃ、ないですか。

でも……。

あいつは、作戦とか、そんなの、楽しければどうでもいい、的な行動をすることがありますね……。

ええ、そんな奴なんです……。

ええ、よく分かっています……。

だって、いったい何年、親友やっているんだと思いますか？

分かっちゃっているんですよ。

でも！　頼むから違って！

レンの心の叫びに答えるように、霧の中から、おどろおどろしい声が家へと放たれます。

「ビーィビーィ！　てっめえええええ！　積年のおおおおお、恨みいいいいいいい！」

「ああ……」

レンは天を仰ぎながら、

「ここで会ったがあああああああああ！　百年めえええええええええええええ！　今からプラズマ・グレネード弾で、その家ごと星の果てまで吹っ飛ばしてやるからなあああああああああああああああ！」

フカ次郎の声を聞きました。


(to be continued...)

あとがき

皆さん時雨沢です。ＧＧＯⅪ巻を手に取って頂き、感謝に堪えません。

今私は、レンと同じ拳銃を持ってⅩ巻カバーイラストのレンと同じポーズをしています。

写真はありません。


突然何を言い出すかと思ったでしょうが、割と真面目な話でして。

とはいえ拳銃はエアガンです。

もうお分かりでしょう！（編集部注・だいぶ無理があると思いますよ）

そうです、レンが作中でバンバンぶっ放しているピンクの拳銃が、エアガン（正確には、〝ガスブローバックガン〟）で発売されたのです！

日本を代表するエアガンメーカーの一つである東京マルイさんより、《AM.45 Ver.LLENN Vorpal Bunny》（以下〝ヴォーパル・バニー〟）が、去年（２０２０年）の４月に、コラボ商品として発売されました！　去年３月に出たＧＧＯⅩ巻では、ギリギリ紹介できなかったんです！

以前、Ⅸ巻のあとがきで、ピンク塗装のＰ９０電動エアガン、《P-90 Ver.LLENN》の発売に大感謝を捧げたことを覚えていらっしゃるかもしれません。

今度は拳銃です！　もともと東京マルイさんがコンセプト銃として発表された銃を元に、デザイナーの《秋本こうじ》さんがデザインした黒い銃、《AM．45》を作中で使わせてもらったのがヴォーパル・バニーですが、それをエアガンとして発売してもらえるとは……。作者としては天にも舞い上がるような気持ちです。足が地に着きません。地面が遠くに見えます。ああ、空気が薄くなってきた。昼なのに星が綺麗。

そしてさらに、今年（2021年）3月には、色が黒の、普通の、そして作中ではピトフーイが使っている《AM．45》が発売されました。

エアガンのヴォーパル・バニーとAM．45には、商品パッケージには黒星紅白さんのイラストが使われています。AM．45の方は、ピトフーイメインの描き下ろし！　そして共に、私も掌編を書かせていただきました。ここでしか読めない番外編です。

エアガンとしての性能もピカイチ、世界唯一のオリジナルデザインはもちろん格好いい、ヴォーパル・バニーは、他になかなか類のない全身ピンクの銃と――、撃ってよし飾ってよしの、魅力がたっぷり詰まった商品になっています。

P90のように完全限定生産品ではなく、ある程度の期間で再生産をしてくれる商品です。やがては定価でお店に並ぶでしょう。見つけましたら是非あなたの懐に、一丁二丁如何ですか？　レンとピトフーイの気分になって、時雨沢と一緒に格好付けましょう！

以上エアガンの宣伝をもって、あとがきに代えさせていただきます！

とここで終わろうとしたら、編集さんに、

「そりゃねーだろ」

という意味の言葉を社会人らしい口調で言われ怒られたので、あとがきはもうちょっと続きます。

もちろんのことですが、本文のネタバレ、一切ありませんことよ。

そのかわりに、英語でネタバレのことを《スポイラー・spoiler》という、ちょっとしたトリビアをここに置いておきますね。

『面白さをスポイルするもの（や人）』という意味でスポイラーです。

はいここ、テストに出るかもしれません。出ないかもしれません。

皆様、Ⅺ巻です！

作者とごく一部の関係者しか知らないことを暴露してしまいますと、ストーリーの構成上、GGOはⅨ巻で終わることが想定されていました。

でも、読者の皆さんが付いてきてくれた（＝本が売れ続けてくれている）ので新たなSJを書くことになったんです。書けることになったんです。

GGOは書くのが楽しくて、続きを書いていいよと言われれば、それはもう喜び勇んで続きを書きますわよ？　つまり今皆さんが見ているのは、皆さんの熱意が支えてくれたⅪ巻なのです。本当にありがとうございます。

こうしてスクワッド・ジャムも回を重ね、とうとう五回目となりました。

ずっと同じルールではプレイする方も書く方も読む方も刺激が少ないので、今回もガッツリ、作中プレイヤーも怒り出すほど変なルールになっています。

今までのスクワッド・ジャムの特殊ルール、私がサバイバルゲーム（つまりは、エアガンを使った戦争ごっこ）で体験してきた面白ルールがまんまモデルになっていたりするのですが、今回はちょっと、それらでは、つまり現実では再現できないことをやっています。

ＶＲゲーム世界万歳ですね。平和に安全に楽しめる、誰も死なないドンパチごっこ、最高です。

私、フルダイブＶＲゲームができたら、本当に本当に、ＧＧＯをやってみたいです。愛銃は《ＳＩＧ５５０》で。

いつかそんな日が来るに違いないと思いながら、日々を生きています。老人になる頃までにはできないかな？　そしたら、ずっとダイブしていそうだな。

「あの家のお爺さん、最近全然姿を見ないわねえ」

なんて心配されるに違いない。大丈夫元気です。

未来がどうなるか分からないって、ここ二年の生活でよく分かりました。

でも、悪い方に転ぶこともあるのなら、いい方に転ぶことだってあるに違いない。きっとそうだ。時雨沢は信じて止みません。

そんなわけで、次なる未来に向かって頑張る所存ですが、とりあえず私はこの巻の次を書き上げないと一歩も先へ進めないことが分かっています。このファイルを編集部に送ったら続き書きます。

次の巻では、レンとフカ次郎が大暴れします。いつものコトですね。ご期待ください。

それでは、ＧＧＯⅫ巻でお会いしましょう。

二〇二一年　時雨沢恵一

銃のグリップって
すごく握り感が
気持ち良いので
フライパンとかも
こうしたら
とてもステキなのでは
ないでしょうか。
黒星紅白

◉時雨沢恵一著作リスト

「キノの旅Ⅰ〜XXIII the Beautiful World」（電撃文庫）
「学園キノ①〜⑦」（同）
「アリソンⅠ〜Ⅲ〈上〉〈下〉」（同）
「リリアとトレイズⅠ〜Ⅵ」（同）
「メグとセロンⅠ〜Ⅶ」（同）
「一つの大陸の物語〈上〉〈下〉〜アリソンとヴィルとリリアとトレイズとメグとセロンとその他〜」（同）
「男子高校生で売れっ子ライトノベル作家をしているけれど、年下のクラスメイトで声優の女の子に首を絞められている。Ⅰ〜Ⅲ」（同）
「ソードアート・オンライン オルタナティブ ガンゲイル・オンラインⅠ〜XI」（同）
「お茶が運ばれてくるまでに 〜A Book At Cafe〜」（メディアワークス文庫）
「夜が運ばれてくるまでに 〜A Book in A Bed〜」（同）
「答えが運ばれてくるまでに 〜A Book without Answers〜」（同）

本書に対するご意見、ご感想をお寄せください。

ファンレターあて先
〒 102-8177　東京都千代田区富士見 2-13-3
電撃文庫編集部
「時雨沢恵一先生」係
「黒星紅白先生」係

読者アンケートにご協力ください!!

アンケートにご回答いただいた方の中から毎月抽選で10名様に
「図書カードネットギフト1000円分」をプレゼント!!

二次元コードまたはURLよりアクセスし、
本書専用のパスワードを入力してご回答ください。

https://kdq.jp/dbn/　パスワード　y3s2y

●当選者の発表は賞品の発送をもって代えさせていただきます。
●アンケートプレゼントにご応募いただける期間は、対象商品の初版発行日より12ヶ月間です。
●アンケートプレゼントは、都合により予告なく中止または内容が変更されることがあります。
●サイトにアクセスする際や、登録・メール送信時にかかる通信費はお客様のご負担になります。
●一部対応していない機種があります。
●中学生以下の方は、保護者の方の了承を得てから回答してください。

初出

本書は書き下ろしです。

この物語はフィクションです。実在の人物・団体等とは一切関係ありません。

電撃文庫

ソードアート・オンライン オルタナティブ

ガンゲイル・オンラインXI

—フィフス・スクワッド・ジャム〈上(じょう)〉—

時雨沢恵一(しぐさわけいいち)

◇◇◇

2021年11月10日 初版発行

発行者	青柳昌行
発行	株式会社KADOKAWA 〒102-8177 東京都千代田区富士見2-13-3 0570-002-301（ナビダイヤル）
装丁者	荻窪裕司（META＋MANIERA）
印刷	株式会社暁印刷
製本	株式会社暁印刷

※本書の無断複製（コピー、スキャン、デジタル化等）並びに無断複製物の譲渡および配信は、著作権法上での例外を除き禁じられています。また、本書を代行業者等の第三者に依頼して複製する行為は、たとえ個人や家庭内での利用であっても一切認められておりません。

●お問い合わせ
https://www.kadokawa.co.jp/（「お問い合わせ」へお進みください）
※内容によっては、お答えできない場合があります。
※サポートは日本国内のみとさせていただきます。
※Japanese text only

※定価はカバーに表示してあります。

©Keiichi Sigsawa, Reki Kawahara 2021
ISBN978-4-04-913940-2 C0193 Printed in Japan

電撃文庫 https://dengekibunko.jp/

電撃文庫創刊に際して

文庫は、我が国にとどまらず、世界の書籍の流れのなかで〝小さな巨人〟としての地位を築いてきた。古今東西の名著を、廉価で手に入りやすい形で提供してきたからこそ、人は文庫を自分の師として、また青春の想い出として、語りついできたのである。

その源を、文化的にはドイツのレクラム文庫に求めるにせよ、規模の上でイギリスのペンギンブックスに求めるにせよ、いま文庫は知識人の層の多様化に従って、ますますその意義を大きくしていると言ってよい。

文庫出版の意味するものは、激動の現代のみならず将来にわたって、大きくなることはあっても、小さくなることはないだろう。

「電撃文庫」は、そのように多様化した対象に応え、歴史に耐えうる作品を収録するのはもちろん、新しい世紀を迎えるにあたって、既成の枠をこえる新鮮で強烈なアイ・オープナーたりたい。

その特異さ故に、この存在は、かつて文庫がはじめて出版世界に登場したときと、同じ戸惑いを読書人に与えるかもしれない。

しかし、〈Changing Times,Changing Publishing〉時代は変わって、出版も変わる。時を重ねるなかで、精神の糧として、心の一隅を占めるものとして、次なる文化の担い手の若者たちに確かな評価を得られると信じて、ここに「電撃文庫」を出版する。

1993年6月10日
角川歴彦

ハードカバー単行本

キノの旅
the Beautiful World
Best Selection I〜III

電撃文庫が誇る名作『キノの旅 the Beautiful World』の20周年を記念し、公式サイト上で行ったスペシャル投票企画「投票の国」。その人気上位30エピソードに加え、時雨沢恵一&黒星紅白がエピソードをチョイス。時雨沢恵一自ら並び順を決め、黒星紅白がカバーイラストを描き下ろしたベストエピソード集、全3巻。

電撃の単行本

[収録内容]
★描き下ろしイラスト収録! ★時雨沢恵一による書き下ろし掌編、2編収録! ★電撃文庫『キノの旅』『学園キノ』『ガンゲイル・オンライン』他、ゲーム『Fate/Grand Order』、アニメ『ポッピンQ』『プリンセス・プリンシパル』を始め、商業誌、アニメ商品パッケージなどのイラストを一挙収録! ★オールカラー192ページ! ★総イラスト400点以上! ★口絵ポスター付き!

[収録内容]
★スペシャル描き下ろしイラスト収録！★時雨沢恵一による書き下ろし掌編、2編収録！★電撃文庫『キノの旅』『学園キノ』『アリソン』『リリアとトレイズ』他、ゲーム、アニメ、付録、商品パッケージ等に提供されたイラストを一挙掲載！★オールカラー192ページ！★総イラスト400点以上！★口絵ポスター付き！

黒星紅白画集

rouge

【ルージュ】[ruʒ]

赤。口紅。革新的。
などを意味するフランス語。

黒星紅白、
完全保存版画集
第2弾！

[収録内容]
★スペシャル描き下ろしイラスト収録！★時雨沢恵一による書き下ろし掌編、2編収録！★電撃文庫『キノの旅』『メグとセロン』他、ゲーム、アニメ、OVA、付録、特典などの貴重なイラストを一挙掲載！★オールカラー192ページ！★電撃文庫20周年記念 人気キャラクター集合イラストポスター付き！

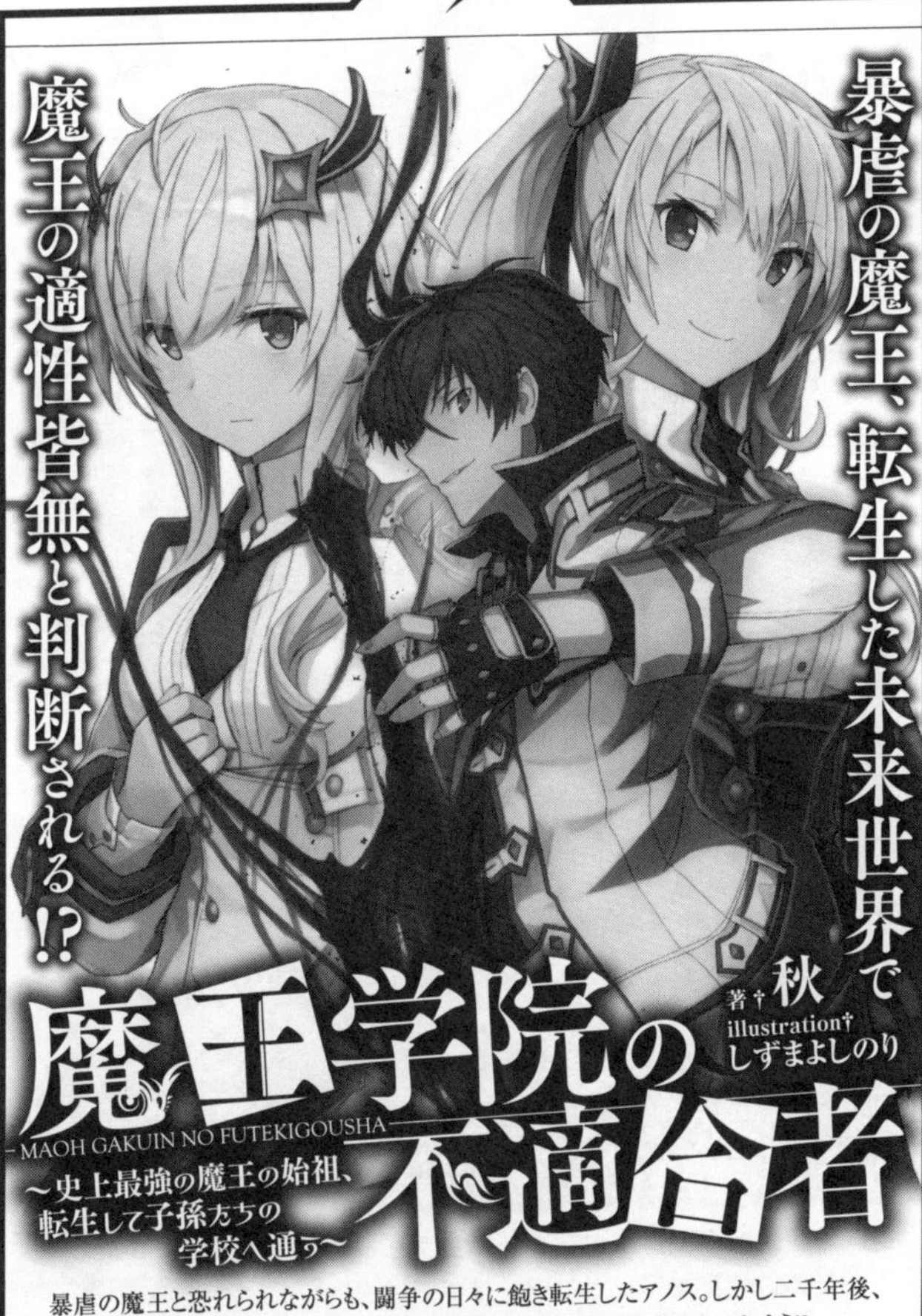

暴虐の魔王と恐れられながらも、闘争の日々に飽き転生したアノス。しかし二千年後、蘇った彼は魔王となる適性が無い“不適合者”の烙印を押されてしまう!?
「小説家になろう」にて連載開始直後から話題の作品が登場!

電撃文庫

残業回避!
定時死守!
ギルドの受付嬢ですが、残業は嫌なのでボスをソロ討伐しようと思います
uketsukejou saikyou
(自分の)平穏を守るため、
受付嬢が凄腕冒険者へと変貌する——!?
第27回電撃小説大賞
金賞
受賞
ギルドの受付嬢ですが、残業は嫌なので
ボスをソロ討伐しようと思います
冒険者ギルドの受付嬢となったアリナを待っていたのは残業地獄だった!? すべてはダンジョン攻略が進まないせい…なら自分でボスを討伐すればいいじゃない!
[著]香坂マト
[ill]がおう
電撃文庫

『狼と香辛料』新シリーズ！
主人公はホロとロレンスの娘ミューリ!!

新説 狼と香辛料
狼と羊皮紙
支倉凍砂
イラスト／文倉十

青年コルは聖職者を志し、ロレンスが営む湯屋を旅立つ。
そんなコルの荷物には、狼の耳と尻尾を持つミューリが潜んでおり!?
『狼』と『羊皮紙』。いつの日にか世界を変える、
二人の旅物語が始まる──。

電撃文庫

おもしろいこと、あなたから。

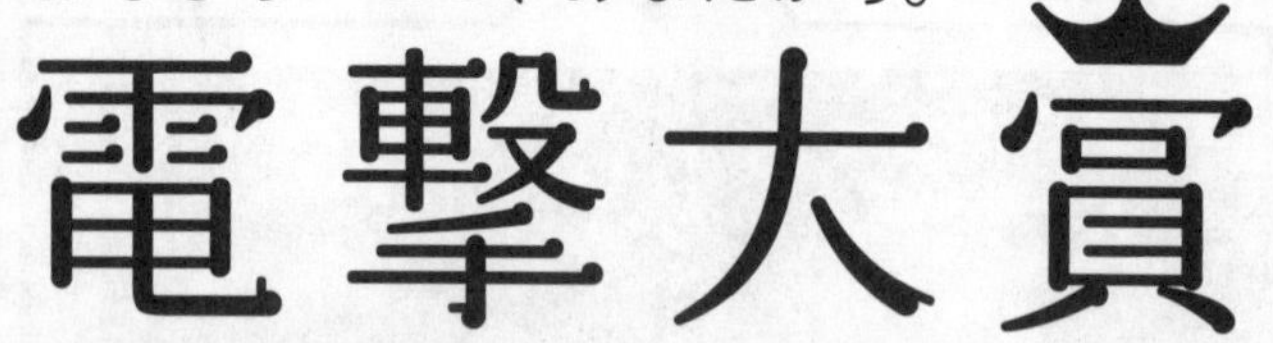

自由奔放で刺激的。そんな作品を募集しています。受賞作品は
「電撃文庫」「メディアワークス文庫」「電撃コミック各誌」等からデビュー!

上遠野浩平(ブギーポップは笑わない)、高橋弥七郎(灼眼のシャナ)、
成田良悟(デュラララ!!)、支倉凍砂(狼と香辛料)、
有川 浩(図書館戦争)、川原 礫(ソードアート・オンライン)、
和ヶ原聡司(はたらく魔王さま!)、安里アサト(86－エイティシックス－)、
佐野徹夜(君は月夜に光り輝く)、北川恵海(ちょっと今から仕事やめてくる)など、
常に時代の一線を疾るクリエイターを生み出してきた「電撃大賞」。
新時代を切り開く才能を毎年募集中!!!

電撃小説大賞・電撃イラスト大賞・
電撃コミック大賞

賞(共通)	
大賞	正賞＋副賞300万円
金賞	正賞＋副賞100万円
銀賞	正賞＋副賞50万円
(小説賞のみ)	**メディアワークス文庫賞** 正賞＋副賞100万円

編集部から選評をお送りします!
小説部門、イラスト部門、コミック部門とも1次選考以上を
通過した人全員に選評をお送りします!

各部門(小説、イラスト、コミック)
郵送でもWEBでも受付中!

最新情報や詳細は電撃大賞公式ホームページをご覧ください。

http://dengekitaisho.jp/

主催:株式会社KADOKAWA